少女蛋

shaonü dan

哥舒意 著

上海社会科学院出版社

图书在版编目（CIP）数据

少女蛋 / 哥舒意著. -- 上海：上海社会科学院出版社, 2019
ISBN 978-7-5520-1711-3

Ⅰ.①少… Ⅱ.①哥… Ⅲ.①长篇小说－中国－当代 Ⅳ.①I247.5

中国版本图书馆CIP数据核字(2019)第127743号

少女蛋

著　　者：	哥　舒　意
责任编辑：	王　　勤
封面设计：	人马艺术设计·储平
出版发行：	上海社会科学院出版社
	上海市顺昌路 622 号　邮编 200025
	电话总机 021-63315900　销售热线 021-53063735
	http://www.sassp.org.cn　E-mail:sassp@sass.org.cn
印　　刷：	上海盛通时代印刷有限公司
开　　本：	890×1240 毫米　1/32 开
印　　张：	7
字　　数：	150 千字
版　　次：	2019 年 8 月第一版　2019 年 8 月第一次印刷

ISBN 978-7-5520-1711-3/Ⅰ·344　　　　　　　定价：42.00 元

版权所有　翻印必究

她就站在我身边。

大约二十来岁，穿着一条清新的天蓝色吊带裙。

她没有注意到我，就像从来不认识我那样。

也许她是真的不认识我。

我已经二十七岁，却又像很多年以前那样张口结舌，说不出话，只能在一旁默默看着她。

我还能记得什么呢？

我闭上双眼，屏住呼吸。

神啊，如果你真的存在，就不要让她这么快离开。我需要一点时间，来想起很久以前发生的事情。

到底是多久以前呢？

时间好像让一切都失去了。

如同没有存在过。

仿佛已经是很久很久以前。

那时，我爱上了一个女孩。

一个卵生的少女。

我睁开眼睛。

少女仍然站在我身边。

她看见了我。

1

上出租车前,房东老太太挥手与我告别。她头戴蓝色太阳帽,背着一个与她的身形极不相称的庞大的旅行背包,她说要去北极,我倒觉得更像是去亚马逊雨林探险。不过我没有把这个想法说出来,因为礼貌。

"接下来一段时间,家里就拜托你了。"她说。

"放心吧,"我也向她挥了挥手,"祝您一路顺风。"

"再见。"

"再见。"

出租车开走了。这座两层的花园洋房里只剩下我一个人了。在原地呆站了一会儿后,我关上了院门,准备回到书房继续阅读《鲁滨逊漂流记》。

两个星期以前,我在房产中介的推荐下找到了这里。这幢双层西洋式花园建筑是二十世纪上半叶由法国建筑师建造的。

大约是从十岁开始,我得了一种奇怪的病——只要一和女性说话,就紧张得结结巴巴。医生说我得的是女性恐惧症。去医院看了好多次，也吃过一些药，但都没什么效果。

不过，恐惧症也不是对所有女性，十岁以下的小女孩和五十岁以上的女性就不对我构成威胁。也就是说，我只有面对生理周期正常的女性（青春期以后到更年期以前）才会紧张，以致于不能正常说话。至于得病的原因，我自己不清楚，医生也诊断不出个所以然来，只是说大概是心理方面的原因，嘀咕了几句"西格蒙德·弗洛伊德"什么的，然后就不了了之了。

好在除了口吃以外，这种女性恐惧症对日常生活和学习都没有太大影响，中学毕业后，我考上了大学，我自小热爱文学，便选择了中文系。开学后我才发现事情有点不妙，整个中文系几乎都是女生。男生连住处都只能安排在女生公寓楼的一个角落里。可能有人会觉得幸运，不过绝对不是我。

以我的经济能力，本来租不到什么合适的房子。

"有一个地方说不定可以的，"房屋中介最后说，"房租嘛，差不多是免费的。"

"免费的？"我问。

"房子的主人近期要出远门，所以想找个人照看房子。好像是这么回事。"

他随即把房子的地址抄给了我。

房子位于市区一条僻静的小路上，路上整天看不见一个人影。小路两边都是一座座齐整宽大的砖石结构的老式洋房，这些房子的样式很像旅游画册里法国南部乡村的别墅。每家楼前都有一个样子相似的小花园，花园门口清一色种的是法国梧桐。我眼前的这座房子，花园的石板路上能看见残留的青苔，院子里长着不知名的花草。至于洋房本身，地板和楼梯表面的红漆有些已经剥落了,露出了木头本身的纹理,屋顶上瓦片的颜色也褪得差不多了。虽然房子的外表看上去显得陈旧了些,却不乏一种古老娴静的美。

不知道为什么,我觉得这里很适合我。

我在底楼的客厅见到了房子的主人。她是一位头发花白的老太太,大概六十来岁,头发往后梳得整整齐齐,戴着银边眼镜,看上去很和善,应该是很好沟通的人。我不禁舒了口气。

女主人端出刚烤好的咖啡松饼款待我。松饼配上果酱,非常可口。在我吃松饼时,她简单询问了我一些个人情况——年龄、个人爱好、所上的大学和所学的专业以及租房的原因等。我都一一回答了。

"可是住在女生公寓里不是很好吗?"她听完以后笑了,"如果我是男孩的话,巴不得呢。"

"可总是不太方便……"我嚅嗫着说,"我不太习惯。"

"不太习惯?我想,你应该还没和女孩恋爱过吧?"

我更不好意思了,确实,我还没和谁恋爱过。怕都来不及,喜欢什么的念头根本没出现过。

老太太大概看出了我的尴尬,没有再问下去,她换了个话题。

"那么,打扫房子之类的家务活,你会做吗?"

我连忙点了点头。

"会的,虽然不是很熟练。"

她看了看我,露出微笑,站起身来。

"这样吧,我先带你看一下这幢房子。"

"看一下房子?"

"我的意思是,如果你愿意的话,明天就可以住进来了。"

我当然愿意。
就这样,我被确定为这幢房子的房客。
洋房的女主人姓冬,别人称呼她为冬女士。冬女士和她的丈夫是大学教授,都是生物科学方面的专家,这是我后来才知道的。房东的先生半年前去了位于阿拉斯加的工作室,对北极地区目前的生态进行考察和研究,现在冬女士也准备飞去那边。他们的子女和亲友都不在本地,所以想找个人在他们离开的这段时间里照看房子。

房东老太太选择我作为房客,很有可能正是因为我有女性恐惧症的关系。这么说也许很奇怪,但自从患了女性恐惧症以后,我就特别受年龄很小或者上了年纪的女性的喜爱,自己也不明白为什么。走在路上的时候,就经常有素不相识的连路都走不稳的小女孩一把抱住我的腿,说什么也不肯放手,有的还把眼泪和鼻涕擦在我的裤子上。

洋房有两层,底层居中是客厅,另有一个会客室。厨房位于正门的一旁,旁边是宽敞的浴室。从客厅沿木头楼梯上到二楼,有两间卧室和一个书房。属于我的卧室里有衣橱、书桌和一张单人床。三件家具看上去都有点年岁了,至少比我的年龄大。单人床很宽敞,足以睡下两个人。不过这一点对我来说没有太大意义。

房东老太太的卧室里有他们夫妇二人的合影,似乎是从三十岁开始,每十年一张。照片里的一对青年夫妇逐渐变成头发花白的老人,背景略有不同,但照片中流溢出的幸福感没有变过。

二楼居中的书房是洋房里最大的一间,落地窗正对着朝南的露台和花园,露台的栏杆是雕铜花的。我还从来没有在任何人的家里看到过这么多的书。事实上这个书房犹如一个小型图书馆,房间的三面墙都是书架。从古希腊的荷马史诗到阿加莎·克里斯蒂的侦探小说,从达尔文的《物种起源》到《圣经》——但凡我能想到的书这里都应有尽有,甚至还有《厨房烹饪指南》这样的实用手册。

"这里的书,都是我和丈夫一本本收集起来的。"冬女士说,"没事做的时候,我们都喜欢读点东西。"

"我也喜欢看书。"

我说的是真话。我很高兴房子里有这样一个图书馆式的书房。这比学校里的女生集体请假还要让人心情愉快。

"他自己也写过一本,让我看看放在哪里了。"

房东找了一会儿,从书架上找到那本书。我接过来看了看,书名叫《沉睡的北极》,扉页上有一行字"我也曾是这样……"。

我略略翻了翻就把书放回了原处。

住进来的当天晚上,我从书房里借读了丹尼尔·笛福的《鲁滨逊漂流记》。很久以前我就读过这部小说了。很多时候,我都觉得自己是一个人孤孤单单地活在这个世界上——和荒岛上的鲁滨逊一样。每当这种时候,阅读《鲁滨逊漂流记》都能让我感觉到心灵上的某种安慰。

2

洋房到学校走路只需要半小时。我白天上课,晚上回家。在家的时候,我多数时间都待在书房里。书房里有一台小音箱。我喜欢躺在沙发上一边看书,一边听曼陀凡尼交响乐团演奏的轻音乐。

曼陀凡尼交响乐团的CD唱片是中学时一个朋友送的。他是个古典乐迷,喜欢肖邦的作品。在他生日时我送过他一张傅聪演奏的肖邦夜曲唱片,他回送我的就是这张曼陀凡尼的CD。

我喜欢听音乐其实是受我父亲的影响。父亲是个摇滚乐爱好者,年轻时曾痴迷于"威猛"乐队。摇滚我也听,但更喜欢轻音乐。

房东老太太离开后的第三天下午,有人按响了门铃。

按门铃的是两个身穿蓝色工作服的年轻人,他们大约二十五六岁,身高和模样雷同。院门前停着一辆小型厢运货车,车厢上涂着一个美国超人漫画里的"S"图案,两人的工作服上也有这个标志。

"您好,我们是快递公司的,"其中一个解释说,"有东西送到这里来。"

"是一台冰箱。"另一个人说。

冰箱也许是房东老太太旅行之前叫人送来的。房子里确实没有冰箱,这是我搬进来后发现的。虽然史前人类没有冰镇可乐照样活得很好，但有台冰箱当然更好了。

两名货运员兼搬运工从货车上抬下一个两米高、一米长宽的纸箱。我领他们来到底楼客厅。

"您打算放在哪里？"他们搁下冰箱问。

我想了想。

"厨房？"

可是厨房根本没地方放。

"客厅？"

"不行，"他们摇头，"和客厅的装修格调不搭。"

我环顾了下客厅，没觉得有什么不协调的地方。不过，毕竟我只是个审美水平一般的房客，他们说的或许有道理。

我只好带他们上二楼，首先来到了书房。这间书房空间够大，放一个冰箱自然不在话下。

他们竟一致认为把冰箱放在书房的角落里非常合适。

我虽然不这么认为，但还是礼貌地表示赞同。

"要喝茶吗？"我问。

"工作时间不喝茶。"两人摇头。

"抽烟？"我又问。

他们再次摇头。

"请问您对我们的服务满意吗？"其中一个人说。

"满意。"我说。

"既然您对我们的服务非常满意，那么，"另一个人用非常客气的口吻对我说道，"请付搬运及安装费用。"

于是，我将近半个月的伙食费就此化为乌有。

冰箱摆放的位置正对沙发。仔细看来，它的式样很普通，白色，塑钢双门，上下分别是冷冻室和冷藏室，一米七零左右，略比我矮，是标准的女模特身高。它四边圆滑，没有棱角，启动时微微有制冷装置运转的声音。怎么看这都是一台普普通通的冰箱。

书房里有一台冰箱虽然有点奇怪，但也没有人规定冰箱只能待在厨房里。

这台冰箱不知道是什么牌子的，不过功能显然不错，这点一拉开门把手就知道了，白丝丝的冷气一个劲儿往外冒。

有了冰箱以后，确实方便很多。在书房看书看到肚子饿了，就可以打开它搜索一番。每周我都会去超市购买一周用的食品堆在冰箱里。

因为天气实在太热，我还买了一大罐牛奶冰淇淋。

当然，那时我并没有想到自己的生活即将发生奇妙的变化。——而且就是从这台冰箱开始的。

3

冰箱已经来了有两个星期了。

周五上古希腊文学课，教授善意地询问我们上大学的目的。有女生小声回答说是来恋爱的，大家纷纷赞同。然而教授讲授的虽然是古希腊的文化，却没有修炼出古希腊人的幽默，一通雷霆之后，下令周末每人写一篇关于古希腊悲剧的论文。真是悲剧。

幸运的是，我已经读完了《埃思库罗斯悲剧集》。晚上回家吃过饭后，花了一个多小时应付完了作业。洗了个澡以后，我躺在床上读大仲马的小说，等待睡眠之神的降临。我喜欢读法国小说。

其实大仲马的小说并不适合在睡前阅读，在这方面，读马赛尔·普鲁斯特的应该效果更好。看了十几页，我觉得大仲马无助于我的睡眠，决定去书房换一本普鲁斯特的《追忆逝水年华》。

可是没等我起来，突如其来的黑暗就降临了房间。落地扇的叶片好像飞虫的翅膀悄无声息地慢慢停止摆动。

停电。

我想了一会儿，觉得可能是保险丝的问题。老式洋房的电路设备经常会出现故障，房东和我说起过。

我起身下床，拿手电检查电表，保险丝好像没有问题。

从书房的露台往外张望，周围的房子都还亮着灯。看看手机上显示的时间，二十三点四十七分。还不到零点。

怎么会停电呢？

房间里很热，身上不停出汗，我感到有点口渴。

于是在黑暗中，我摸近冰箱，拉开门取出一罐可乐。冰箱里的灯光有点刺眼。我关上冰箱，拉开可乐罐拉环，一口气喝了一大半，才感到舒服了点。冰凉透心的饮料让头脑也稍微清醒了点。

好像有什么事情不对。

哪里不对呢？

我把冰冷的可乐罐贴在前额，试图找到线索。线索似乎曾经在哪里见到过，也好像只是我的错觉。

房间里很安静，只有低沉的冰箱运转声"嗡嗡"地响个不停。

我突然醒悟，再次拉开了冰箱冷藏室的门。

冰箱里面有番茄、黄瓜、色拉酱、听装饮料、保鲜膜、生鸡蛋以及一些微波炉食品，这些都很正常。

不正常的是，冰箱里亮着灯。

我坐回沙发，注视着冰箱里的取物灯，不明白这是怎么一回事。冰箱开着门亮着灯，往外缓缓散发着丝丝冷气。周围依然一片漆黑。

过了好像很长时间，房间里响起了一阵奇怪的声音，就像是有人在自言自语一样，还可以听见回音。

"你发现了？"这个声音说。

好像有人在跟我说话。

是谁在说话呢？我环顾书房。

"我在这里。"

我看向自己的前面。声音来自我的前方。

准确地说，声音是从冰箱所在的位置发出的。

冰箱在说话。

4

冰箱在说话。

我呆呆地看着眼前的这台冰箱，什么话也说不出来。遇到这样不可思议的事情，我的反应只能是这样呆呆地看着。倒不是镇静或者勇敢什么的，纯粹是反应迟钝，和南美洲的树獭一样。

"吓了一跳吧？"冰箱，或者说是眼前这个名为冰箱的物体对我说。

"……还可以。"我说。

"本来想一点一点慢慢让你习惯的，"它说，"可是没想到这么快就被你发现了。只好提前见面了，你好。"

"……你好。"

我有点不习惯和一台冰箱打招呼。

"这也是没有办法的事。我有自备电源，和汽车的备用轮胎一个道理。你也不想冰淇淋融化的吧？"

"嗯……不想。"我说。

"未雨绸缪吗，莎士比亚也说过，买卖的成败不能完全寄托在一艘船上（注：语自《威尼斯商人》第一幕第一场，原话是：我的买卖成败并不完全寄托在一艘船上）。"

听到莎士比亚的戏剧台词，我又惊了一下。

"莎士比亚？"

"……也不能怪你，人类多多少少都有物种歧视，"冰箱的

"嗡嗡"声停了一下，好像不以为然地耸了耸肩膀，如果它有肩膀的话，"不止是莎士比亚，我读过很多书。不过，最欣赏的还是莎士比亚，全集读过十遍以上。"

我没有什么话说，彻底败下阵来。我英语不好，没怎么钻研过英国文学，莎士比亚戏剧我一部都没有读过。

"你呢？"

"哦……我喜欢巴尔扎克。"

"嗯，巴尔扎克。还有呢？"

"维克多·雨果、伏尔泰、大仲马、梅里美、莫泊桑、罗曼·罗兰……"

"都是法国作家。法国以外的呢？比如美国？"

"杰克·伦敦、菲茨杰拉德、海明威，"我说，"俄罗斯方面……"

"可以了，俄罗斯方面先放一放吧，"冰箱说，"对你的阅读范围和品位我已经有了初步的了解。先到这里好了。"

我看着面前的冰箱，无意识地拿起可乐喝了一小口。真不知道该说些什么，我面前说话的东西真的是冰箱吗？从常识来看，这个问题实在是太让人想不通了。

"这个……你真的是一台冰箱？"

"解释起来很麻烦，"冰箱像是很理解我的困惑一样发出运转的"嗡嗡"声，"今天刚见面，不想解释。不过，我已经很久没有和人聊过天了。所以，认识你我感到很高兴。"

我暗自想象一台双门冰箱高兴起来的模样，但怎么也想象不出来。

"我完全理解你的感受。人类习惯正常，对于非正常现象，多数是手足无措，"对方说，"从物质形态上来说，我的确

13

是冰箱。从意志形式来说，与我类似的是某些一神论宗教的圣徒——这只是以你们的思维方式而言。世界有它的对立面。有黑暗有光明，有静止有运动，有细微有宏大。所以，有人，就一定有非人。话说回来，我的存在依托于人定义的冰箱，那么，我实际上是非人的冰箱存在。"

我觉得有点头晕。

"那么……就是说，你认为世界的本源是物质？"

"可以这么说。就我的存在而言，我是作为人这一概念下的非人的冰箱而有现实意义。就好比你，作为银河外缘的太阳系第三行星的地球生物圈中人类种群进化中的一员。其实我们都是相同的。"

"相同的？"我困惑地问，"哪一方面？"

"我们的灵魂。我们都会思考，"它说，"超越自己的本分进行思索，这就是所有灵魂的存在价值。"

这是一台熟读莎士比亚的会说话的哲学家冰箱。双方都沉默了一阵子。

"拜托你一件私事，可以吗？"过了会儿，它再次开口说，"以后请不要再买什么牛奶冰淇淋放在冷冻室里。我不喜欢牛奶冰淇淋的味道。"

"……知道了，以后不再买牛奶冰淇淋了。"

"买香草冰淇淋吧，我喜欢夏天的香草。"

"……好的。"

"谢谢。现在已经很晚了，我想要休息了。就像罗密欧对朱丽叶说的那样，但愿睡眠合上你的眼睛，但愿平静安息我的心灵（《罗密欧与朱丽叶》第二幕第二场）。有机会的话，以后我们再继续聊天好了。你要知道,我到这里来,是来帮助你的。"

"……"

"晚安。"

冰箱说完这两个字,便再也没有动静。我感觉到它又变成了一台普通的冰箱。

随后,房间里的灯重新亮了起来。我把空可乐罐抛进垃圾桶。想起冰箱拜托我的事情,于是从冷冻室里取出还剩下的四分之三的牛奶冰淇淋。

好不容易全部吃完,肚子里冰凉一片,手脚冻得瑟瑟发抖,时间已经将近凌晨一点。冰箱也要休息?让人费解。

我躺回床上,脑中刚一出现睡眠的念头,静谧与疲倦就同时降临了。

但愿睡眠合上你的眼睛,但愿平静安息我的心灵。

这大概真是罗密欧说的话。

5

就这样,我的日常生活里平白无故地多出来一台会说话的冰箱,也不管我愿不愿意。现在很多家电都已经智能化,可智能化和懂得欣赏莎士比亚戏剧是两回事。就好像会剃头的猴子仍然是猴子,而浑身上下都长满体毛的人依旧是人,区别并不在于外表上毛发的多少。

理论上，一台普通的冰箱是绝对不可能开口说话的。然而一旦这样的东西从天上掉到了我的眼前，我就只有承认它存在的份了。

首先必须接受现实。

这一点很容易做到。从小我就倾向于接受现实，包括身患奇怪的女性恐惧症。有一阶段，我把它当成是上天对我的优待，让我集中精力做我一个人的事情。烦恼当然还会有一点，但不会全部归罪于患病本身。

已经成为现实的现实是唯一的现实。我已经身患女性恐惧症，这是唯一的，不会更改的现实。

我接受了这个现实。

同样的道理，现在我也接受了"会说话的冰箱"这个现实。

这台冰箱说是来帮助我的。它是来帮助我什么的呢？

也许是指对我的肠胃有所帮助？

忘了小时候在哪本书里读到过一个奇妙的木头餐桌的故事，不管想要吃什么东西，只要说出来，木头餐桌上必定会出现。如果这台会说话的冰箱也有这种功能就好了。

我偷偷试了几次，故意假装不经意地在冰箱前说出想吃的食物，例如北京烤鸭、蒙古烤全羊、法国大餐、意大利披萨和通心粉、日本三文鱼刺身等。然而祈祷以后打开冰箱门，里面还是一无所有。

我非常失望，只好自己泡方便面充饥了。

每天在书房时，我尽量对它的存在做到视若无睹。自从那天交谈以后，冰箱没有再次和我说话，甚至没有任何反常的地方。

但是，在个人隐私方面，我变得十分小心。我不知道冰箱的性别，甚至根本不知道它有没有性别。可是每次我都十分注意在它面前保持适当的衣着，不在它面前赤身裸体或者更换内衣。

周末又买冰淇淋时，我买了香草味道的。我也喜欢夏天的香草。

6

谈谈我对冰箱的看法。

其实，在所有的家电产品中，我对冰箱最有好感。

电视机虽然丰富多彩，但总显得不太诚实；洗衣机则过于呆板；微波炉热情有余，但内在缺乏才华；空调的赡养费是个问题；电脑喜新厌旧，有时也太任性。

只有冰箱给人以安全感。

冰箱外表方方正正，端庄厚实，但内部却是完全黑暗和极度寒冷的。可是也正是因为这样，它才最大程度地接近我们自己。我们每一个人都像一台冰箱，内心深处或空或满，承载着各种各样的东西。冰箱与我们相像这一点，使我对它怀有好感。

也许，它更像是我们自己。

这是我在学校通过互联网查阅关于冰箱的资料时想到的。

古典式冰箱出现在人类历史上的时间现在已经无法确切知道。可以确定的是，人们很早就制作出了冰箱——可能比任何人想象得都要早很多。世界上第一台单压吸收式的电冰箱是上个世纪二十年代在北欧瑞典问世的。之后，随着技术的进步、生产规模的扩大，冰箱成为普通消费品走进千家万户。然而，在这所有已经生产出的千万台冰箱里，读过莎士比亚全集的冰箱可以说是绝无仅有的。

全世界只有一台。

它就在我住处的书房里。

冰箱第二次开口说话是在一个多星期以后。那时我正在书房里读《哈姆雷特》。音响放的是周杰伦的《威廉古堡》。周杰伦的歌我差不多都没听过，包括那首"哼哼哈嘿"什么的，因为我觉得他比我还要口齿不清。这张CD是上课时一个女同学借给我的。她认为我应该听一听。

"你怎么老是听一些几百年以前的东西？这样下去你会被时代淘汰的，知道吗？"

"哦……知……知道了。"

为了避免被淘汰，回到家里我便听起了她借给我的CD。

"这是什么东西？"冰箱显得很吃惊地问我。

我也吓了一跳，因为正在读《哈姆雷特》。

"你说什么？"

"从来没听过这种玩意。建议听一听歌剧，比如《图兰朵》里的爱情咏叹调。"

喜欢听歌剧。真是一台有品位的冰箱。

"在看《哈姆雷特》？"它问。

"是啊。"

"有什么感想?"

"哈姆雷特是一个不幸的人。"

"这个世界上大多数人都可以说是不幸的。"

"香草冰淇淋我买来了,"我合上书本,"上次你说,是来帮助我的?"

"是说过。"

"帮助我什么?"

"现在还不是时候。以后再告诉你吧。等你不再听这个,改听《图兰朵》的时候。"

说完,它偃旗息鼓,变回了一台普通的冰箱。

我叹了口气。尽管不习惯 RAP,可是我也不喜欢歌剧。

7

十月上旬,房东老太太从阿拉斯加寄来一个包裹。随包裹而来的还有封短信。

"你好。不知道在这幢房子里你是否住得习惯,我和先生当然希望你能喜欢这里。这样的话,我们在这边也会放心许多。实际上,老太婆我是有事相求。自己来这边探亲,本打算陪先生一两个月时间就回国的,但由于工作室人手不够,考察研究方面又很有进展,所以短期之内大约是没办法回来了。在这期间,房子想请你代为照看,当然,我是说如果你仍然乐意的话。"

我当然没什么不乐意的,我很喜欢住在这里。

信上接着写:

"为了表达谢意,我和先生从这边选了一件特殊的礼物。这个包裹里面就是。请一定不要推辞。礼物本身倒不算贵重,但却是北极才有的东西,希望你能够喜欢。最后,祝你愉快。"

礼物装在一个纸箱里,箱子是白色的,正正方方,长宽高大约都是半米,看上去有点像颗大型的方糖。

打开纸盒,原来是一个天蓝色的水晶球。

我把这块水晶抱起来,感觉沉甸甸的。水晶球的直径约为半米,表面冰冰凉凉的,冷得沁人,简直像冰块一样。

我像吉普赛女巫一样看着水晶球。细细看来,这块水晶更像卵形。

对着阳光,水晶显得流光溢彩,仿佛里面正散发着绚丽的极光。那种蓝色剔透得像是把整个北冰洋都蕴含在了里面,不知道是不是我的错觉,看得久了,我竟然觉得这块卵形水晶像是活的一样。

非常漂亮。

这真是一件特别的礼物。

应该把它放在哪里呢?

我考虑了半天,才发觉纸箱里还附有一张纸条。

"……脆弱易碎,请小心收藏于低温处,零摄氏度以上,五摄氏度以下。"

房子里只有一个地方符合这个条件。

于是我打开冰箱,把里面的食品都拿了出来,清出冷藏室的空间,还卸掉了两个货架,才勉强把卵形水晶放了进去。这样折腾一番我心里还有点忐忑，害怕冰箱会怪我胡闹。可是没办法，只能放在这里。

好在冰箱没有提出反驳意见。可能是懒得反驳吧。

因为取出来的生蔬食料必须在一天里全部吃掉，否则就只能扔掉了，我就做了杂烩式的罗宋汤。吃了两天。花园里的流浪猫们也帮了一部分忙，由于两天内吃得太多，它们看起来都胖了一圈。

花园里时常有流浪的猫经过，老太太在的时候每天傍晚都会在院子的台阶上放一点零食喂猫。我现在每天我也照做。小时候家里养过两只猫和一条西伯利亚雪橇犬。我很喜欢看小猫从栅栏的缝隙里钻过来时笨拙的样子。没几天流浪猫们就认识我了，接受了我这个暂时性的邻居。

十天以后，真正不可思议的事发生了。

8

自从将那件礼物放进冰箱以后，冰箱就再也打不开了。我试了好多次。门就像是被焊上了一样。而且冰箱自身也保持沉默，对我不理不睬。看样子一切只能顺其自然了，我想。

学校里也没什么事，又不用应付考试。由于女性恐惧症，我也不必像其他男生一样和女孩出去约会。一个人去看电影只会觉得更加无聊，所以我宁可躲在书房里读《罗密欧与朱丽叶》——为了避免被一台冰箱觉得无知才读的。

说句实话,我很难理解《罗密欧与朱丽叶》里的罗密欧和朱丽叶。这可能是因为我没有恋爱过的关系。一想到要和女性近距离接触,我的冷汗都出来了。

这天晚上,我照样在书房里阅读莎士比亚剧本,看着看着就在沙发上睡着了。然后做了一个莎士比亚戏剧的梦。梦中我成了罗密欧,正在结结巴巴地与朱丽叶对念台词。朱丽叶长着一对猫耳朵,一说话耳朵就一动一动的。她说:"别紧张,我是来帮助你的……"

没听她说完,我就突然醒了过来,就好像是有人把我推醒了一样。

当然实际上是不可能有人把我推醒的。整幢房子里只有我一个人。

环顾周围,书房像空无一人的图书馆一样幽暗。只有一个角落闪烁着月白色的荧光。

冰箱在微微发光,仿佛变透明了。

光线异常柔和。我伸出右手挡在眼前,光线穿越了手心,我的手似乎也变透明了。

我垂下手,注视了一会儿如同萤火虫一样发光的冰箱。有什么东西深深吸引了我,把我从梦中唤醒。

我不由自主地站起来,悄悄走到冰箱前面,握住了门把手。

轻轻一用力,门开了。柔和的光芒笼罩了我的全身,一瞬间,我的眼睛像是被谁的手轻轻蒙住了一样。

等再次看见时,我不由屏住了呼吸。

水晶卵不见了。

冰箱里只有一个女孩。

女孩似乎只有六七岁大，但又像是十三四岁，具体我吃不太准，不过反正是女孩，而且长得异常美丽。那是一种接近于透明的美丽，散发着柔和的光华，能够让人联想起世界上所有美好的东西。

她闭着眼睛蜷缩在冰箱里，仿佛还在熟睡。

我呆呆地看着小女孩，实在不明白发生了什么。明明放进去的是块水晶，怎么变成一个女孩的？

匪夷所思。

正在发呆，女孩的眼睫毛轻轻颤动了两下，醒了。

她睁开梦幻般的眼睛，看着我，微微动了动嘴唇。

"妈妈。"

9

我吓了一跳，不知所措地后退了一步。还好她没叫我爸爸，真是万幸。

"妈妈。"

小女孩又叫了一声。

"我……不是你妈妈。"我说。

小女孩怕冷似的缩起了身体，我这才想到她是待在冰箱里。不管怎么样，还是先让她离开冷藏室再说吧，毕竟她是个女孩，不是番茄黄瓜之类需要保鲜的蔬菜。

女孩拉着我的手站到了地板上，柔顺的长发遮住了裸露的身体。她目光单纯地看着我。我不免脸红，挠头想了一会儿，拿了一条毛毯围在她身上。女孩身上的肌肤冷得像冰一样，却又很柔软，不是冻僵的那种感觉。

她光脚站在那里，很信任似的看着我。

我也在看她。

接下来怎么办？

"嗯，你……"我犹豫了很长时间，"肚子饿吗？"

女孩眨了眨眼睛。

但我不知道她要吃什么。一开始拿出的是冰冻牛奶，用微波炉加热了，女孩嗅了一下，稍微舔了一口，便再也没有动静。于是我自己把加热的牛奶喝了。

然后做的是番茄黄瓜沙拉。以前在杂志上读到过，蔬菜水果沙拉深受女孩喜爱。不知道是不是我做的不得其法，她连尝都没尝就拒绝了，不屑一顾。我只好自己留作早餐。

我深受打击，无比惆怅地坐在沙发上。她跪坐在我旁边，玩弄着身上宽大的衣服。

"想不想吃冰淇淋？"

我完全无心问了一句，主要是自己想吃了。

"冰……淇……淋？"

她大概不明白冰淇淋是怎么一回事，于是我从冷冻室里取出香草冰淇淋。

"Ice cream。"

我解释说，挖了一勺冰淇淋。

"Ice cream？"

小女孩学我的样子，用手指舀起一点，用舌头舔了舔。

"Ice cream。"

"喜欢吗？"

她点点头，看着我："Ice cream，喜欢。"

"别这样吃，用手指不好，"我把勺子递到她手上，"要用这个。"

她拿着勺子开始一心一意地对付起冷饮来。从此以后，冰淇淋就成了她的最爱。

她吃冰淇淋的时候，我则绞尽脑汁地想到底发生了什么事情。这个漂亮的小女孩到底是怎么来的？

答案看上去是显而易见的，女孩是从冰箱里出来的。

那么，她是怎么进到冰箱里去的呢？

这个问题，冰箱应该是最清楚的。我试着"喂喂"了两声，它压根就对我不理不睬。

算了，求人不如求己，还是我自己寻找答案吧。

十天以前，我收到房东寄来的礼物——一块卵形水晶，然后我按说明把水晶放进了冰箱里。

然后，冰箱就没有打开过。

一直到今天，我才打开冰箱，结果，水晶没了，里面只有一个叫我妈妈的小女孩。

答案是——

小女孩是从水晶里诞生的。

或者说，水晶里孵化出了一个小女孩。

那个水晶是个蛋吗？

25

一个卵生少女。

原来如此……

等一等,这不符合常识,我所知道的常识。

人类是哺乳动物,是胎生的。所以,不可能从一个蛋里——哪怕是水晶的蛋里,孵化出什么小女孩来的,还是在一台冰箱里。

何况谁听说过水晶会变成一个女孩的?

想到这里,我的脑袋开始混乱了。头疼。

还有,事情从一开始就不对头,从冰箱开口说话时起……

"饱了,"小女孩放下勺子,轻声说,"想睡觉了。"

我叹了口气,不再去想头疼的问题。还是先把她安置好再说吧。

女孩当然不能再睡到冰箱里。好在房子里除我以外也没别人,床和被子都绰绰有余。

我在隔壁的客房给她布置了一张小床。她爬上去就闭上眼睡着了。

回到自己的卧室,困倦比困惑先行一步上身,我一上床就沉沉睡去。

睡到半夜,朦胧中发觉床上好像多了一件东西,像是一只小狗,也许是只流浪猫。

我没在意,翻了个身又睡了过去,什么梦都没有做。

10

　　早晨醒来的时候，我朦朦胧胧觉得自己怀里躺着一个毛茸茸的东西，还伸手摸了摸。这是什么，好长的头发……
　　我忽然清醒过来，吓了一跳。小女孩蜷在我怀里，睡得很香甜的样子。
　　我一动也不敢动。
　　过了一会儿，她动了一下，抬头睡意十足地看了我一眼，然后坐了起来，一边揉眼睛，还无拘无束地打了个呵欠。
　　"饿了，"她迷迷糊糊地说，"Ice cream。"

　　早餐还是香草冰淇淋。
　　我自己做了煎蛋三明治，用微波炉加热牛奶。小女孩吃完她的那份冰淇淋，坐在边上看我吃三明治。
　　"吃吗？"我问。
　　摇头。
　　"你从哪里来的？家在哪里？"
　　她指着冰箱。
　　"Ice cream。"
　　"这不是 Ice cream。这是冰箱，它也不是你的家，"我问，"你叫什么名字？"
　　"名字？"
　　她好像不太懂。我于是解释。

"每个东西都有自己的名字,就像冰淇淋叫冰淇淋,冰箱叫冰箱,火腿三明治叫火腿三明治。别人就会用名字来称呼这个东西,明白吗?"

我不太有把握地解释说,自己都不明白。

女孩看着我。

"名字,Ice cream?"

"不,不是的。Ice cream 是冰淇淋,不是你的名字,"我有点头大,"算了,还是先不说这个,还想吃冰淇淋吗?"

没有问出任何线索,冰淇淋倒是吃完了。之后我们一起去洋房旁边的便利店买冰淇淋。本来没想带她去,但她就像刚出壳的小鸭子一样把我当成了她的妈妈,到哪里都跟着。没办法,只好带她去了便利店。买了好几种不同味道的冰淇淋。便利店的营业阿姨好奇地盯着我们,我假装没看见,付款结账。

回家以后小女孩一边吃巧克力冰淇淋一边看电视,卡通动画之类。我自然没有心思和她一起看,只想着应该怎么解决这件事。一个不知来历、无名无姓的小孩子就这样没有理由地被我在冰箱里捡到了,换成谁心里都会七上八下的吧?只有女孩自己无忧无虑的,一边看动画一边大笑,好像只要有冰淇淋就可以了。

也许应该去警察局报警?

可是应该怎么跟警察说明情况呢?这么说可以吗——我从冰箱里捡到一个小女孩,你们看着办吧。不行不行,谁也不会相信这是现实,八成我会被当作拐卖儿童的嫌疑犯。不能去告诉警察。不但不能去报案,也不能跟别人说这件事。不然肯定会被看成是精神有问题。病历上不是早就有我反常的记录了吗——女性恐惧症。

一筹莫展。

看来只能自己想办法解决了。

比如，在外面贴失物招领启事？

这个办法好像不错。

"本人捡到女孩一名，望失主速来联系，电话……"

行不通。

先不管内容是否荒谬，就算写出来，又能贴在哪里呢？难道贴在洋房门口吗？同样会招来警察的。然后也一样会被人当成精神有问题。

想来想去，还是没有什么好办法。只能先留下小女孩，等一等，看看情况再说。大不了我先照顾她一段时间，就和照顾迷路的小狗小猫一样，应该没什么问题，我想。

晚上想给房东老太太写信，告诉她冰箱和小女孩的事，但又不知道该从哪里写起。一来她不一定清楚这些事，二来我不一定写得清楚。只好作罢。

既然已经打算暂时收养这个小女孩，我想，有一些事自己就有责任教她了。

譬如说，晚上睡前刷牙。吃过冰淇淋之类的甜食以后也应该刷牙，省得以后牙疼。

于是，当天晚上我就教她刷牙了。让人高兴的是，她刷得很认真。刷完牙以后乖乖躺回自己的床上睡觉了。

但是，半夜里她还是不知不觉就睡到了我的旁边。

"Ice cream……"

还说梦话，大概正在做和冰淇淋有关的美梦，真的像小动物一样可爱。

我小心地摸了摸她的脑袋,然后继续睡了。

11

星期一早上准备出门时,新的问题出现了。

小女孩总是要跟着我。我走到哪里,她就会跟到哪里。我穿好衣服背上书包,发觉她目不转睛地看着我。

"我要去学校读书,你……一个人在家里吃冰淇淋好吗?"

"Ice cream。"

"好的,Ice cream。回家的时候再给你买多一点。"

她点点头。

但是当我关上院门,走了两步就发觉有什么东西在拉我的衬衫。

她还是跟着我。

"Ice cream。"

她看着我。

我有点不忍心抛下她一个人在家里。可能是因为她的眼神吧。

她的眼神看起来又孤单又无辜,就好像在这个世界上完全无所依靠的样子。

没办法,我只好带她去学校一起上课。

我立刻成了当天的话题人物，连上课时都安静不下来。

"好卡哇伊啊！"

同系的女生一看见她就两眼发亮，好像看见了什么可爱的玩具洋娃娃一样。的确，她是一个漂亮到谁都无法拒绝的小女孩。

"从哪里拐来一个这么好玩的小MM啊？"她们问，"不会是你的私生女吧？"

我被夹在一群惊喜的女生中间动弹不得，一句话也说不出，汗流浃背。小女孩一边紧紧拉着我的衣角躲在我后面，一边小心地舔着路上我给她买的蛋筒冰淇淋。

我们到底被分开了。她们都围住了女孩，像摸小狗小猫一样轮流摸她，在我看来完全是趁机揩油。

我身边只剩下一个女生，就是那个借我周杰伦唱片的女孩。我们认识纯属偶然。开学第一天，她走路时一边看书一边听MP3，结果一头撞在了篮球架上。那时我无所事事地站在篮球架旁，目睹了这一幕，拾起地上的书还给了她。她看的是《圣经》，听的歌是"双截棍"，相当奇特的组合。后来我才知道她的父母信仰天主教。给她起的名字与圣母同名——玛利亚。

"是你的亲戚吗？"玛利亚问我。

"是……是的。她父……父母有……有事，让……让我……照看一下。"

"真可爱，她叫什么名字啊？"

"叫……叫……"我冥思苦想，"……蛋……叫小蛋。"

对，就叫小蛋。因为是从水晶蛋里出生的。我一下子也想不出什么别的名字来。

"名字也这么可爱，就跟我家以前养的旺财似的。"

"……"

旺财？我无语。

"小蛋，小蛋！"

女生们叫得很亲热。小女孩，不，现在应该叫小蛋，不太明白似的偏着脑袋看着女生们。

"小蛋，他是你什么人啊？"有人指着我问她。

我以为她会说"Ice cream"，但听到的却是另外一个出乎意料的词。

"亲爱的。"

哄笑声里，我差点休克过去。

"喂，小蛋她怎么穿成这个样子啊？"玛利亚一边给她梳理头发一边问我，"不会是家里没有合适的衣服吧？"

我的衣服当然不合她的身，不过她穿起来也挺可爱的。T恤衫松松地仿佛大号的裙式睡衣，牛仔裤拖到了地上，倒也有几分波希米亚风格。脚上的运动鞋是我在上学的路上刚给她买的。

"是……是啊。"

"那我做件好事吧。等会口语课结束以后，我带她去买真正女孩穿的衣服，怎么样？"

不愧和圣母同名。我感激地看着她。

"不过，费用还是你来承担哦，还要附加小费的。"

"……"

还是算了，就当我什么都没说过吧。

玛利亚带小女孩去学校附近的百货公司，买了粉色吊带裙、蕾丝花边衬衫、牛仔裤，还有一根银色的发带。我付了裙子衬衫和牛仔裤的钱。

"发带算是我送的，"玛利亚说，"小费嘛，以后请我在星巴克喝咖啡好了，要卡布其诺，不带赖账的哦。"

"不……会的。"

一天的课程结束以后，我带小女孩回家。小女孩习惯性地牵着我的手。她穿着新买的吊带裙，就和真的小天使一样。

"为什么说我是'亲爱的'？"路上我问她。

"因为罗密欧、朱丽叶。"

我想起来了，昨天她是把《罗密欧和朱丽叶》拿在手上看着，我还以为她读不懂呢。

"不可以说'亲爱的'吗？"她问。

"……也不是不可以。"

"什么是'亲爱的'？"

"有的时候，人们会这样称呼自己喜欢的人或东西。"

"嗯，亲爱的！"她想了想，"那么 Ice cream 也是亲爱的。"

"……应该也可以这么说吧。"

我不太有把握地回答。

"小蛋是小蛋的名字吗？"

"这个吗……你是不是不喜欢这个名字？"

"喜欢的。像 Ice cream 一样喜欢。"

"那就算是吧，你的名字。"

"小蛋的名字是小蛋。"

女孩认真地重复了一遍这个名字，舔了舔手上的蛋筒冰淇淋，像小猫一样眯起眼睛笑了。

12

就像小女孩习惯了别人叫她小蛋一样,不久以后我就习惯她叫我"亲爱的"了。

每当她用单纯到无辜的眼神看着我叫"亲爱的"的时候,我只有乖乖答应的份。

她这样叫我其实并没有任何特殊含义在里面。有好几次我听见她在吃冰淇淋之前都真诚地对冰淇淋们说:"亲爱的,我要吃你们了。"不知道冰淇淋听见会有什么感想,如果它们真能听见的话。

很可能对她来说,"亲爱的"这个称呼和"旺财"基本没有区别。

说到"旺财",不能不提花园里的那些流浪的小动物们。事实上是它们最先接受了小蛋的存在。

以前每当傍晚,是我拿饭菜来喂它们的。小蛋在一边看了两天以后,开始替我来做这件事。

我不知道小动物们是不是也有性别歧视,反正她远比我受欢迎,这可能是她又可爱又善良的关系吧。动物们的第六感相当准确。

傍晚来花园聚餐的动物们越来越多,甚至附近家养的宠物也会来蹭饭。蹭完饭还对小女孩撒娇。小猫们在她裙子下钻来钻去"喵喵"地叫,几只狗则崇拜地看着她,还不停摇尾巴。

我猜测附近的动物在社交时会这样聊天:

"那幢洋房的花园里来了一个好漂亮可爱的 MM 哦,明天我们也去看看吧,还可以聚餐的。"

所以动物越来越多。

她笑眯眯地看着它们,很开心的样子。

说实话,我原来以为照顾个小女孩就和养只小狗小猫没什么区别,但我发觉自己错了。

虽然她就和真的小动物一样听话,但照顾女孩要比照顾世界上任何一只小狗或者小猫都要麻烦许多。

如果是小动物,不在家的时候,我会很放心地把它放在家里,或者关在笼子里。但我没法这样对待一个小女孩。每次想独自出门时,只要看见她楚楚可怜的目光,我就只有举手投降的份。

还要忍受路边的阿姨和婆婆们好奇的目光。

"现在的爸爸好年轻啊,"她们感叹说,"到底是二十一世纪了。"

真想哭。也太欺负人了,我还不到二十岁呢。

"亲爱的,你不舒服吗?"小蛋抬头问我。

"没有不舒服,就是有点……头晕。"

她认真地摸我的额头,看我是不是生病了。每到这时,我都会有小小的感动。

当然,多了她以后,我的个人生活是会有一点小小的改变。首先不能再把什么乱七八糟的书和影碟带回家了。我不确定那些强调人体艺术的东西会对她产生何种影响,但万一她非要追根究底地问个明白,那麻烦就大了,我不太会说谎,特别是对小女孩。

另外,也要防止她受到一些误导。《罗密欧和朱丽叶》已是先例。现在她正在看《超人》动画,我很担心她看了以后会内裤外穿披着床单到处乱跑维护世界和平。幸好这种情况还没有发生过。

除了看电视以外,她也喜欢看书。不清楚这是不是学我的样子。尽管知道她能够读懂莎士比亚戏剧,但我还是觉得,一个未成年的小女孩去一本正经读什么"活着还是死去,这是一个问题",还是不太合适。小孩子就应该看些小孩子应该看的东西。

——比如像《白雪公主》和《灰姑娘》这样的童话。

"亲爱的,你是在饲养小蛋吗?"看了很多童话以后,有一天她问我,"我是由'亲爱的'来饲养的吗?"

"这个……不叫饲养。"

我赶紧纠正,万一她在外面和人说我饲养她,我的麻烦就大了。

"那叫什么呢?"

"叫喂养吧。"

"喂养吗……"

"不对不对,也不是喂养……是照顾,"我说,"也不光是照顾,我们是在互相照顾,我和小蛋两个人。"

"那么,相互照顾是相依为命的意思吗?"

"……好像也有点这个意思吧……"

"我和亲爱的在相依为命。"

她露出阳光灿烂的笑容,然后又埋头看童话书去了。

13

每天我都带她一起去大学上课。想想也滑稽，一个连"亲爱的"是什么意思都还不明白的小姑娘却要坐在教室里听古希腊悲剧或者马克思辩证唯物主义哲学之类。教授们都见怪不怪的样子，几乎没有过问过我身边这个喜欢吃冰淇淋的编外学生。有一次英语讲师还善意提醒我，她脸上沾着冰淇淋的巧克力酱。

学校里的同学也渐渐习惯了小蛋的存在。因为我跟她们说话时常口吃，她们就托话给小蛋转达。当然，如果我有什么非要和她们说不可的话，也是由小蛋来说的。

"小蛋啊，告诉你'亲爱的'，把英文课的笔记借我用一下。"

"下午的哲学课改在一〇二上了，跟他说一声吧，小蛋MM。"

诸如此类。

有了小蛋以后，我几乎成了透明人。

而且，女生们都很喜欢轻轻捏小蛋的脸蛋，可能是觉得她可爱吧。但我实在担心小蛋的脸蛋会被她们捏肿。

在所有同学里，玛利亚大概是与我们最亲近的人了。她对小蛋非常好，简直是把她当成自己的亲妹妹（尽管有时也会捏小蛋的脸蛋）。她帮小蛋梳理长发，在头发上扎好看的蝴蝶结。小蛋的衣服也由她帮忙挑选。

她也来过我们的家，那幢花园洋房，因为要帮小女孩洗澡。这事我没法处理，只有请玛利亚帮忙。

"你怎么一个人住在这里啊？"

帮小蛋擦头发时，玛利亚问我。

"因为……方便。"我含糊其辞。

"我好喜欢小蛋，一直想要有个这样可爱的妹妹。"

"玛利亚姐姐没有妹妹吗？"小蛋问。

"因为计划生育啊，妈妈就只生了我一个。"

小蛋问我是不是因为计划生育所以我才只有她一个小蛋。

又来了，每次都不知该如何解释这种问题。"……你又不是我生的。"

"以后自己能生小孩了，我要生两个。"玛利亚相当有把握地预言说，"两个漂亮的小女孩。或者一个英俊的小男孩和一个 Pretty 的小女孩。"

"你……一……一定行的。"我佩服地说。

"玛利亚姐姐加油。"

"谢谢小蛋，加油加油。"她转过头问我，"那你呢，你以后打算要几个小孩？"

"我……没……没想过。"

"你以后肯定会是一个好爸爸的。"

"为……为什么？"

"看你对小蛋的样子就知道啦。"她笑眯眯地说，"是吧，小蛋？"

"嗯。"

"话说回来，你没有女朋友吧？"

"没……没有。"我说。

"那你喜欢什么类型的女孩呢？"她问。

"喜欢白雪公主还是灰姑娘，亲爱的？"小女孩也问。她刚看完《格林童话》。

我摇了摇头，回答不出来。我喜欢什么类型的女孩？实际上对我这种患有女性恐惧症的人来说，所有的女孩都是一样的，我都紧张得要命，避之惟恐不及。不论是白雪公主还是灰姑娘，在我眼里她们还不如吃掉小红帽的大灰狼可亲可爱。

14

有天晚上，我看见小蛋穿着睡衣，蜷着双腿在沙发上看一本书。我叫了她一声，她好像没有听见。

我坐到她身边，才发觉她有点不对劲。

"小蛋？"

她抬起头。眼睛里噙满了泪水。

"怎么了？"

小女孩一把抱住我，眼泪像小雨一样淅淅沥沥地流下来。

"小美人鱼好可怜。"她说。

我这才知道她在看《安徒生童话》。我有点不知道该怎么办好，因为从来没遇到过这种情况——怀抱伤心流泪的小女孩。而且是因为读《海的女儿》才哭的。现在还会有几个人会为小美人鱼的遭遇哭泣呢？

我安慰她说，虽然身体消失了，但小美人鱼最后变成了美

39

丽的天使。

小女孩专注地看着我,眼睛像水晶一样剔透明亮,眼睫毛上还挂着泪珠。

"真的?"

"真的。"

"那就好了。"她抱着肩膀说,"小蛋的身体好痛。"

"哪里痛?是肚子吗?"我急忙问。天天吃冰淇淋肯定会出问题。

"这里。"她指着心脏部位说,"里面好难过,一难过眼泪就出来了。"

我松了口气。

"这里是心。"

"心痛。"

"人的心有时是会痛的。"

"为什么?"

"因为那里是很柔软的,很容易被伤害。"

"为什么有心就会感到悲伤呢?"

"唉,你长大了就会知道了。"我摸摸她的头安慰道。

虽然我解释过了,但是一直到上床以后,她还在为小美人鱼难过。看到她心情低落的样子,我也不太好受,动了半天脑筋,终于想出一个办法。

"有没有听过熊王子的故事?"

我装出一副煞有介事的样子说。

"熊王子的故事?"

"是关于一头小熊的故事。小美人鱼也在故事里出场了。"

"真的？想听！"

"从前，森林里有一头孤孤单单的小熊。别的熊都不太爱理睬这只小熊，所以，他独自生活在森林里。"

"小熊爱吃冰淇淋吗？"她关心地问。

"森林里没有冰淇淋，只有蜂蜜，"我说，"小熊爱吃蜂蜜，因为蜂蜜和冰淇淋一样好吃。"

"便利店也卖蜂蜜？"

"森林里怎么会有便利店！蜂蜜都藏在蜂窝里，是蜜蜂们辛辛苦苦酿出来的。蜜蜂们不许任何人动它们的蜂蜜，谁要敢去动的话，就一起用尾巴上的针蜇他。"

"也蜇小熊？"

"是啊。小熊被蜇得满脸大包，疼得在地上滚来滚去，一点蜂蜜都没尝到，肚子又饿得要命，没办法，他只好爬起来去吃树叶。"

"小熊好可怜。"

"不过后来小熊还是吃到蜂蜜了。有一次，森林里的马蜂想抢蜜蜂的蜂蜜。马蜂虽然是蜜蜂的亲戚，但却像强盗一样，它们块头大又有力气，蜜蜂们虽然很勇敢却打不过它们。这时，小熊帮了蜜蜂们一把。他从小溪里打来水，向马蜂浇了过去。马蜂们翅膀沾了水，都飞不起来了，于是纷纷逃走了。

"蜜蜂在小熊的帮助下赢得了胜利，很感激小熊，所以拿出蜂蜜来款待小熊。这样，小熊就吃到了蜂蜜，并且有了蜜蜂作为朋友，不再那么孤孤单单的了。"

"太好了。可是，小熊为什么是孤孤单单的呢？其他的熊为什么不和他交朋友呢？"

"这是因为……这头小熊有一些特殊的地方，比方说，能听懂人类的话。听得懂人话的熊还算是熊吗？其他的熊都这样觉得。所以它们谁也不和这只听得懂人话的小熊来往，不和他交朋友，去捉大马哈鱼的时候也不叫他一起去。不但如此，还时不时地一起欺负他。这样，小熊就只好离开了他的伙伴，单独在森林深处生活。"

"小熊能听懂人类说话？"

"是啊，听得懂，因为……他是一头中了魔法的熊。哦，不对，应该这么说，他中了魔法才会变成一头小熊的。"

"小熊中了魔法？"

"小熊本来是一个王子。有一次过生日举办宫廷宴会的时候，忘了请王国里的一个巫婆。巫婆觉得受了冷落，就很生气，骑着扫帚来到了王子的生日宴会，说：'这里好热闹啊，我来让这里更热闹一点吧。'于是她嘴里念念有词，一段咒语过后，王子就变成一头小熊了。"

"哎呀。"

"变成小熊的王子挠了挠熊脑袋，还不明白是怎么回事呢。所有人都惊慌失措。巫婆大笑起来。'你再也不是王子了。除非有人肯把自己的心给你，否则，你就永远只能是一头笨拙的熊！'说完，巫婆骑着扫帚飞走了。她还要赶回家做晚饭呢。"

"有人肯把自己的心给小熊王子吗？"

"国王和王后在整个王国里张贴告示，如果有人肯把自己的心给王子，他们愿意奖励这个人半个王国。但是没有人愿意这么做。谁会把自己的心交给一头熊呢？哪怕这头熊是个王子。国王和王后只能愁眉苦脸地看着熊王子。小熊已经不会说人的话了，只会像真正的熊那样发出熊的叫声。时间久了，人们渐渐忘了小熊曾经是王子，开始笑话起他来，连国王和王后都绝望了。有一天，他们商量说，他们两个人都老了，已经到退休的年龄了，可是总不能以后把王国交给一头熊来管理吧。

"熊王子听见了他们的话。他虽然不能说，但却依然能听得懂人的话。他感到很难过，他不想再被人笑话，不想再让父母烦恼。想了整整一个晚上，他决定离开国王和王后，离开王国，去森林里做一头真正的熊。

"第二天天还没亮，熊王子就悄悄地离开了王宫，在人们发觉之前离开了王国，到了森林里面。在那里，他遇到了熊的家族，但因为忘不了自己曾经是人，所以没法像头真正的小熊那样生活。别的熊也看出了他奇怪的地方，所以不愿意和他交朋友。这就是熊王子孤单的原因。"

小蛋聚精会神地听着。

"可怜的熊王子。"

"其实熊王子也不是那么孤单的。在森林里时间长了，他有了很多朋友。除了蜜蜂以外，还有蝴蝶、松鼠、水獭、兔子、小狐狸等好多小动物，因为大家都觉得小熊心地善良。小熊也给许多在森林里迷路的人指过路，许多人都记得这头有点忧郁的小熊。他们走出森林以后都对小熊心存感激。

有一天，小熊在森林里泡温泉的时候，看见了小美人鱼。"

"小美人鱼？"

"小美人鱼是出来游玩的，她从大海游到了森林的溪流里，不小心迷路了，结果就困在了温泉里。她看见了小熊，一开始有点害怕。于是小熊对她说不要害怕。小美人鱼听得懂所有动物的语言，当然也包括熊的语言。

'我是小美人鱼，'她问，'你呢？'

'就像你看见的，我是一头熊。'小熊说，'但是很久以前，

我曾经是个王子。'

熊王子于是把自己的事告诉了小美人鱼。

'可怜的王子！如果我有心的话，一定会把心给你的。可是我们美人鱼是没有灵魂的，没有灵魂，也就没有心。我很难过不能帮你的忙。'小美人鱼说。

'这没什么关系。我已经习惯是一头熊了。'熊王子说，'你怎么会在这里呢，小美人鱼？你不是应该在大海里吗？'

'我一个人出来玩，在这里迷路了。'小美人鱼说。

'也许我可以帮上忙。'小熊说，'在森林的尽头那边就是大海，我常常听见那里传来海浪的声音。在我还是个人的时候，曾经去过海边。'

'谢谢你，好心的熊王子！我要回去了。'小美人鱼摆动了一下尾巴，'也许将来有一天，我会变成一个人，那时，我就可以来帮助你了。'

'谢谢你，不过我已经习惯自己是熊了。你还是把心留给自己的王子吧。'小熊说。

小美人鱼向小熊告别后，游回了大海。后来在一艘下沉的船上，她救了一位自己的王子。这就是我们知道的小美人鱼的故事。"

"那小熊怎么办呢？"小女孩问。

"小熊这边呢，在泡过温泉后回家的路上，他看见一只大灰狼在追赶一名美丽的少女。这只大灰狼就是吃掉小红帽的那只大灰狼，它就喜欢吃美丽的少女，就跟小白兔爱吃胡萝卜，小熊爱吃蜂蜜，小蛋喜欢吃冰淇淋一样。每个人都有自己特别喜欢吃的东西。

女孩跑不过大灰狼，眼看就要被捉住了。这时她看见了一头十分古怪的小熊。小熊发愣似的站在那里,肩上搭着条毛巾,胳膊下夹着个木盆,造型别提多滑稽了——因为刚泡好温泉嘛。女孩没想太多,向它求救,一头滑稽可爱的熊总比大灰狼要容易亲近。

'请救救我!'她对熊王子说,躲到了熊背后。

大灰狼不甘心放弃,扑了上来。说时迟那时快,小熊扔出了木盆,正中大灰狼的脑袋。大灰狼只觉得两眼一黑,看见了许多个星星在头上转圈,尾巴一直就昏了过去,等清醒过来就灰溜溜地逃掉了。

小熊使出必杀绝招'天外飞桶'英'熊'救美打退了大灰狼。少女感激不尽,想要报答他的救命之恩。"

"怎么报答呢?"小蛋问。

"嗯……她决定留下来照顾小熊。"

"照顾小熊?"

"就是帮小熊做饭、扫地、打扫房间等。小熊在森林里自己盖了个小木屋,也就是熊窝啦。当然这个熊窝就和人住的地方差不多。不过熊王子毕竟是王子出身,像做饭、扫地这类事情都没做过,现在少女愿意帮助他,他也很感谢她。他不会说话,只能用小熊的眼睛注视着女孩。从这双眼睛里,女孩完全能够明白小熊的想法。小熊把最喜欢的蜂蜜都省下来给女孩品尝了,自己跑去捉大马哈鱼。大马哈鱼捉回来以后,女孩要么做烤鱼,要么做生鱼片刺身给小熊。每到这种时候,他都觉得自己是一头幸福的小熊。"

"吃大马哈鱼会感到幸福吗?"

"其实跟大马哈鱼没什么关系。"我解释说,"因为小熊喜欢女孩,所以女孩给他做任何东西吃,他都会觉得幸福得不得了。

当然女孩也喜欢小熊。小熊的毛摸起来又暖和又柔软，就跟毯子一样，冬天再冷也不怕。"

"女孩没有家吗？"

"以前是有的。但是她父母已经去世了。剩下她一个人孤孤单单的，比灰姑娘还要可怜。所以遇到小熊她也觉得很幸福。森林里所有的小动物，兔子、松鼠、浣熊、狐狸等都很喜欢女孩。在森林里一年一度的篝火晚会上，小鸟们做了花冠戴在了女孩头上。就像称小熊是熊王子一样，它们把女孩看成是森林里的公主。

熊王子和女孩相依为命在森林里生活着，但是后来有一天，女孩生病了，快要死掉了。小熊又担心又难过，连最喜欢吃的蜂蜜也吃不下，最喜欢泡的温泉也没心思去泡了。对他来说，她就是唯一的公主。他想尽办法要救女孩。"

"啊，有办法可以救女孩吗？"

"小熊找不到任何办法，非常非常难过。这时，一个天使来到了他的面前，就是小美人鱼，她变成天使以后来看望朋友。传说天使有挽救生命的本领，小熊请求小美人鱼帮忙救女孩。小美人鱼叹了口气，不愿意说出办法，但禁不住熊王子的苦苦哀求，最后还是告诉了他，只有一颗熊的心脏才能挽救女孩的生命。"

"熊的心脏？"

"是啊。熊王子发愁了，到哪里去找一颗熊心来呢？无论哪一头熊都不会愿意把心脏给别人当药的。但他忽然想起来，自己就是一头熊啊。他开心了起来。虽然把心脏给了女孩自己就会死掉，但如果眼睁睁看着女孩死了的话，那他无论如何都是办不到的。他下定了决心，于是将自己的心脏给女孩当药了。"

小蛋没有说话。我看见她的眼泪在眼眶里转来转去，于是摸了摸她的脑袋安慰她。

"女孩被救活了。她醒来以后就看见了小美人鱼天使。天使劝她不要太难过。然后她才发现小熊已经死了。女孩知道了事情缘由后，趴在小熊身上泣不成声。就像熊王子离不开她一样，她也无法看着小熊死去。

'好傻的小熊！你为什么要拿心救我呢？'女孩一边流泪一边说，'你知道这样我有多么难过吗？我一个人孤孤单单活着又有什么意思呢？现在，我也把我的心给你好了。'

说这话的时候，她的眼泪滴在了小熊身上，奇迹就这样发生了，熊王子活了过来，而且变回了真正的王子模样。王子把一切事都告诉了女孩，为了两个人不再分开，他向女孩求婚，小美人鱼天使就是他们的见证人。女孩红着脸答应了。"

听到这里，小蛋破涕为笑。

"熊王子带着女孩回到了王国里，国王和王后很高兴看见自己的孩子回来了，不但变回了人形，还带回了一个漂亮的未婚妻。王国举行了一场盛大的婚礼庆典，小美人鱼天使作为王子的朋友也参加了，并且祝福了他们。这次大家没有忘记邀请那个巫婆。熊王子很感激她，如果不是她把他变成一头熊，他就无法找到自己心爱的人。婚礼后，王子继位成了国王，女孩就成了他的王后。从此他们一直幸福地生活着，直到永远。"

"故事完了吗？"小蛋问。

"是啊，讲完了。这就是熊王子的全部故事。"我说。

听完故事以后，小蛋的心情好转了很多，她轻轻咕哝着"小熊王子"，很快就睡着了。

我返回书房,想找一本适合睡前看的书。

"看不出来啊。"冰箱开口说。

"什么啊?"我不太明白。

"还挺会编故事的。"

"你听到了?"

"正好无聊,就顺便听了一下,虽然整体属于胡编乱造……"

我假装没听见它说什么。

"有件事一直想问一下,关于那个女孩……"

"什么女孩?"它明显装糊涂说,"我什么都不知道。"

"……"

"……已经很晚了,还是各自休息吧。"它打了个呵欠,"晚安。"

"……晚安。"

15

虽然有自己的床铺,每天半夜,她还是习惯性地睡到我的旁边。每天早上,我总是在睡眼蒙胧时感觉自己身边多出一件毛茸茸的东西来。以前我只听说有蹭饭的,还没听说过有蹭床的。每次我都会被吓醒。她倒是睡得很踏实,还时常说梦话。

"亲爱的……Ice cream……"

一边吸吮自己的手指。

听了熊王子的故事以后,现在她经常睡眼蒙胧、口齿不清地说:

"亲爱的……小熊……"

一边抓着我的睡衣,仿佛正抓着小熊温暖柔软的皮毛。

天可怜见,哪有我这样瘦弱的熊!

又瘦又懦弱,还口吃。

即使真变成一头熊,也会被其他动物歧视的吧。

夏天过去以后,秋天接着来到了。路边梧桐树的叶子渐渐黄了起来,从树上飘落到了地上。于是我们每天都要扫去落在花园里的梧桐叶。我拿着大扫帚,她拿着小扫帚,在院子里扫来扫去,扫来扫去,就好像在表演什么扫落叶的舞台剧一样。

小蛋仍然没有人前来认领,还是由我来照看。时间长了,我都快想不起来她是怎么来到这里的了。只是有时候早上起来迷迷糊糊地想,怎么旁边会有个小女孩?从哪里来的呢?想了一会儿,才恍然大悟,哦,她叫小蛋,是从一个水晶蛋里孵出来的,名字也是我起的。现在我是她的"亲爱的",其实是像养小猫小狗一样养着她(而实际上我又有女性恐惧症)……

这个世界真是好奇妙……

现在,小蛋开始帮着做一些家务了。

自从看了童话故事以后,小蛋就开始学着做家务了,可能是因为童话故事里的女孩都擅长做家务的关系吧。

她从最简单的擦洗之类的家务活学起。我做什么她都照样学着做一遍。因此,刚开始每天我们都扫两遍地,拖两遍地,擦两遍桌子,叠两次被子。做家务我已经算是很习惯了,但像小蛋这样投入我自愧不如。她就像灰姑娘一样热心家务。

如果多一个凶巴巴的继母角色，就真的和童话一模一样了。

在家务课的起初阶段，难免会有差错发生。

例如为了打扫冰箱，导致冰淇淋全体牺牲的"谋杀案"。

"亲爱的，你们怎么了？"小蛋伤心地捧着变成奶油的冰淇淋们问。

冰淇淋们如果在天有灵，不知道会怎么想。

还有一次是擦窗户事件。

小蛋高兴地告诉我她发现了一个让玻璃窗变得"很干净"的方法，很有成就感的样子。不知为何，我顿时产生不祥的预感。

"什么'很干净'的方法？"

玻璃窗确实很干净，干净得就像没有玻璃一样。

我疑惑地伸手摸了摸。不是像没有玻璃一样，而是确实没有了玻璃。玻璃都堆在了垃圾桶里。

甘拜下风。我忽然感到一阵眩晕。

"亲爱的，你不舒服吗？"

小蛋蹲下来摸我的额头。

"……别管我，我躺一下就好了……"我虚弱地说，"以后擦窗户还是我来吧……"

在下水道堵塞了三次，洗衣机坏了两次以后，她终于学会了自己洗衣服，现在还有帮我洗衣服的趋势。

在打碎了六个碗、三个碟子、五个玻璃杯以后，她学会了洗碗。

当然那些并不是什么大的失误，而且又是发生在单纯到基本什么都不懂的小蛋身上。她无辜的眼睛看着我一闪一闪的，谁能忍心责怪她呢？

有一天回家，小蛋没有像原来那样出来迎接我。厨房里有一盒牛奶打翻在地上。

找了好久，我才在床底下找到她。

小蛋穿着围裙，藏在里面不肯出来。

"小蛋？"

"小猫做错了事，要找个地方藏起来。"

"你不是小猫啊。"

"我做错了事。"

"是打翻了牛奶吗？"

"嗯。"

"没关系的，已经收拾好了，出来好吗？"

我也钻到了床底下，把小蛋拉了出来。她脸上沾了地板上的灰尘，我拿毛巾给她擦脸。

"是不是想喝牛奶？"

"没有。"

"那怎么会去拿牛奶的？"

"想学做饭。"

"想学做饭？"我问。

"给亲爱的做饭。"她说。

16

我非常担心小蛋做饭。

当然我很感动她有这样的想法。

但是同时,我预感到有非常可怕、非常可怕的事情即将发生。

因为无法拒绝小蛋乞求的眼神,我不得不开始教她做饭。

做饭实际上是最简单的,因为有电饭煲在。只要淘好米,按下按钮就可以了(虽然说简单,实际上有两次她忘记放水,差点做成爆米花)。

但做菜就不同了。简直比微积分和阿拉伯语还要让人头疼。煎、炸、烹、煮,哪一样学起来都很费工夫,而且还要知道蔬菜荤菜的原料种类及特性、一起搭配的效果,油盐酱醋佐料的使用方法等,即便一切原理都已知道,不实际熟练操作,也不可能做出合格的菜肴。

可能相当一部分人的观点是把原料弄熟就万事大吉。显然多数大学食堂的厨师都信奉这种观点。吃过这种食堂伙食的学生,其毅力值和忍耐度无疑都会获得大幅度提升。

不过说实话,我的厨艺水平充其量也就是内行点的外行。这不能怪我,我又不是厨师世家出身。先说说我父母大人的职业吧,父亲是建筑师,母亲是建筑艺术评论家(我时常猜测父亲因为害怕母亲写出不利于自己的评论才和她结婚的，但未经证实）。两个人非但不爱好厨艺，忙起来连做饭的时间都没有。这就逼得我从小不得不自己动手解决温饱问题。

尽管没有名师指点，我还是学会了做几样菜，包括：番茄炒蛋、番茄蛋汤、煎蛋（以及三明治）、蛋炒饭和番茄蛋炒饭。

这同样不能怪我吧？谁让家里的冰箱里通常只有番茄和鸡蛋呢？

我把自己仅仅会的这几种菜的做法教给了小蛋。

可是不知道是不是教的方法不对的缘故，她做出来的饭菜实在有点……煎蛋仿佛木炭，番茄好像用盐腌过，米饭成了锅巴。

我鼓起勇气进餐。这是她做的第一顿饭。如果拒绝品尝的话好像太残忍了。

"好吃吗？"

小蛋的眼睛里满是希望获得赞扬的憧憬。我不忍心打击她，只能说谎。

"好吃。"

为了证明这一点，我把"饭菜"一扫而空。幸好自己有先见之明，事先服用了胃动力药。

初战告捷，小蛋信心倍增，从书架上找来一堆菜谱修行厨艺。

看她舞刀弄勺的样子，我越来越感到不安。

为了避免自己陷入不幸的深渊，我想劝她放弃对料理的爱好。在她切菜的时候，我小心翼翼开口说："小蛋，我觉得……"

一阵寒风掠过脸旁。

只听当的一声,一把菜刀横空插在门框上,刀身还在颤动,离我的头不到十厘米的距离。

"啊……对不起,手滑了。……伤到你了吗?"

"……还好。"

我瞬间冒出一身冷汗。

"你刚才说什么,亲爱的?"

"……没什么……您忙吧,"我努力装出轻松的笑容,"……我只是想问问晚上吃什么。"

"是新鲜的日本寿司哦。"

晚餐时——

寿司确实很新鲜,但实在是过于新鲜了。

饭团里裹着的鱼嘴巴一张一合,尾巴还一甩一甩的。

我不介意吃生鱼肉,可是这样的生鱼肉也太生猛了些吧。

好在还有番茄沙拉。

只尝了一口沙拉,我的嘴巴就像哥斯拉一样可以喷火了。

她放的不是沙拉,而是芥末。

由于芥末的关系,我涕泪直下。寿司里的鱼好像很同情地看着我,也许我们是在相互同情吧。

这条寿司鱼后来被我们养在了水缸里(寿司的米饭我到底吃掉了)。我们给它起名叫"寿司"。不知道它是不是记得曾经被人裹在饭团里的经历。反正现在每到喂鱼食时,它就从水底游到水面上向我们愉快地吐着泡泡。

不管怎么努力，小蛋做的"饭菜"我还是只能解决掉很少一部分，大部分根本无法下咽。于是我趁她不注意，偷偷把剩下的饭菜拿去给花园里的小猫们享用。

闻到香味的小猫们马上聚拢了过来，一个个都急不可耐的样子。可是当它们用鼻子碰了碰食物以后，尾巴突然都翘直了，身上的毛都竖了起来。它们抬头怀疑地看我，好像我在饭菜里下了毒。

没有哪只猫敢品尝一口这些小蛋精心制作的料理。

在我和小猫们面面相觑，相对无言的时候，小蛋开始为我准备第二天带去学校的便当。

17

我带着小蛋准备的便当去学校上课。不明真相的同学纷纷露出羡慕的表情。他们不知道饭盒里装的其实是等同于炸弹和毒药一类的东西，只有我知道真相。

中午，我当着小蛋的面，装作心情愉快胃口很好的样子吃下了那盒便当。

晚上回家还是小蛋做饭，又吃完了（因为花园里的猫不肯帮我吃）。

第二天，又带了便当……

连续几天，我的精神越来越萎靡，照镜子时发现自己面有菜色，好像奄奄一息的病人。

一星期过后,我终于支撑不住,一头栽倒在午饭后的课堂上。

急性肠胃炎。

去医务室就医,校医数落我,这么大了怎么还乱吃东西?跟小孩似的,白长这么大了。

我靠在病床上吊盐水,小蛋陪在一旁。

"你到底吃了些什么啊?"

来探望时,玛利亚也问我。

"没……没……吃,吃什么。"

玛利亚离开以后,小蛋情绪低落地捧着饭盒,好像很难过。

"亲爱的你会死吗?"她伤心地问。

"哦,这样是不会死的。放心好了。"我说,"我只是肚子吃坏了。"

"肚子坏了?是小蛋做的便当的关系吗?"

"不是的。"我摇摇头,安慰她说,"跟小蛋的便当没有关系。"

她抬起眼睛看着我。

"真的?"

"真的,是我自己肠胃不好,从小就是这样,一直要去医院打针。"

"打针疼吗?"

"嗯,但和小熊比起来不算什么。"

我开玩笑说。

"小熊?"

"小熊因为想吃蜂蜜所以被蜜蜂蜇,蜜蜂蜇人比打针疼。"

话是这么说，不过我没被蜜蜂蜇过，所以只是猜想。

"小熊！"她想起了那个故事，笑了起来，双手摊开趴在床上，"熊王子！"

我用没吊盐水的右手摸了摸她的脑袋。不知道为什么，心里暖暖的，很感动，就像每次吃她做的饭时的感觉一样。其实长这么大，还从来没有人为我做过便当，小蛋是第一个。看到她认真地准备便当的时候，我就在想，不管怎么样，我都会把这份便当全部吃掉。只是我没有想到便当的杀伤力有这么大。

"明天还做便当好吗？"她问。

"……还是先不要了吧。医生说以后一段时间在吃东西方面最好注意一点。"

"哦。"她听话地点点头，手摸在输液管针头扎进手背的地方，"很疼？"

"比蜜蜂蜇要好得多。"

"肚子好点了吗？"

"好多了。"

于是她好奇地伸手摸了摸我的肚子，动作很轻柔，仿佛抚摸的是小熊柔软的肚皮。

18

我的肠胃炎好了以后，热爱莎士比亚的冰箱向我表达了它的关心与问候：

"我早就觉得会有事情发生,本来想早一点告诉你的。你还好吧?"

我气结。

"托您的福,还活着。"

"总之是没来得及说,事态的发展过于迅速,就算是福尔摩斯也没办法啊。"

我无话可说,保持沉默。

"我毕竟只是一台冰箱,而且冷藏室的除味剂妨碍了我的嗅觉……"

"除味剂?"

小蛋趴在沙发背面问。我和冰箱都没有发现她在房间里。一直以来,她还不知道冰箱的事情。冰箱和我说话的时候并不多,而我又没有特意跟她说过。一瞬间,不管我还是热爱莎士比亚的冰箱都没有再说话,房间里静悄悄的。

"你在和我说话吗,亲爱的?"小蛋看了看我,又看了看冰箱,"刚才好像冰箱在说话?"

"嗯,这个……"

我正在想怎么解释,冰箱开口了。

"你好,我是冰箱,初次见面请多关照。"

"你好,我是小蛋,初次见面请多关照。"小蛋举起右手回答说。她盯着冰箱看,很好奇的样子。

"是冰箱先生吗?"

"Yes,答对了,加五分!但我可不是普通的冰箱哦。"

"你是中了魔法的冰箱!"

小蛋猜。

"Oh,No!"冰箱显然想摇头,不过毕竟没办法移动,"我是完完全全的冰箱，不是什么中了魔法的熊。"

"哦。"

小蛋稍微有点失望。

"不过呢，我可是世界上知识最渊博的，独一无二的冰箱，基本上什么都知道。没有什么问题可以难倒我。"冰箱很有信心地说，"不信，你可以考考我。"

它还真是谦虚。

小蛋想了想，问："冰箱先生，你知道小蛋最喜欢吃什么吗？"

"当然是冰淇淋啦。口味嘛，偏向于水果味的，比方说草莓或者芒果，不过也喜欢巧克力加核仁味道的。"

"是的是的。"小蛋信服地点头，"你真厉害，冰箱先生。"

什么跟什么嘛。明明每天的冰淇淋都是从冰箱里面拿出来的，这跟知识渊博又有什么关系呢？

"当然，我还有很多特长呢，比如说莎士比亚的戏剧……"

冰箱意犹未尽地说。

如此这般，小蛋就欣然接受了热爱莎士比亚的冰箱存在的事实。

闲暇时，冰箱也跟我商讨过关于小蛋的教育问题。

"教育是很重要的。"它仿佛研究莎士比亚戏剧台词一样一字一顿地说，"玩过美少女养成类的电脑游戏没有？"

"没有。"

冰箱好像十分不以为然。电脑游戏我确实不太擅长，理由已经说过了，纯粹是因为反应迟钝。

"就是说，一个女孩子，因为教育的不同，既可能成为国家的统领（例如撒切尔夫人），也可能成为万众瞩目的演艺明星（例如小甜甜布兰妮），或者是风靡世界的畅销书作家（例如JK·罗琳），成为地球上全体雄性人类的梦中情人也不是没有可能（例如玛丽莲·梦露）。所以说，教育是非常重要的。"

"哦，那么——"

"你希望她变成什么样子呢？"

我认真思考。JK·罗琳固然不错，小甜甜和玛丽莲·梦露也很令人向往，撒切尔夫人还是不要了吧。努力想了一会儿，想不出来。实际上我只希望小蛋能够每天都快快乐乐开开心心的，至于以后怎样实在没什么想法。

不过我想她很可能更愿意扮演小红帽或者灰姑娘。

事实上，早上出门前我正好听见了小蛋向博学的冰箱请教的问题：

"冰箱啊冰箱，天底下的事情你无所不知，所有的问题你都能回答。现在请你告诉我，谁是全世界最可爱的女孩？"

冰箱回答："当然是小蛋啊。"

听到这个回答，小蛋开心地在冰箱前旋转一周。

看来她更想扮演白雪公主。

正打算走开时，小蛋又问了第二个问题。

"冰箱啊冰箱，天底下的事情你无所不知，所有的问题你都能回答。现在请你告诉我，小蛋最喜欢的人是谁？"

"还能是谁啊。"冰箱回答，"当然是那个反应比恐龙还要迟钝，有时候还严重口吃，比熊还要笨拙，连游戏也不会玩，莎士比亚戏剧都没读过，长得还没有我一半帅的家伙啦。只有小蛋叫这个家伙'亲爱的'！"

"哈哈。"

小蛋笑了起来,像跳舞一样轻盈地转了个圈。

我有点发愣,不知道说什么好。

19

自小蛋到来以来,我一直都没有意识到她是个女孩。这可能是因为我的女性恐惧症并没有对她有所反应的关系。我的女性恐惧症针对的对象原则上是十岁以上五十岁以下的异性。只要一接近她们(有效半径大约是五米),我就变得口吃,说话结结巴巴,磕磕绊绊。

小蛋是例外。也可能是因为她是从不可思议的水晶蛋里孵化出来的吧。

但她确实是个女孩。

一天,她独自在房间角落里小声啜泣,好像又害怕又无助。
"怎么了,小蛋?"我问。
她抬头看着我,眼泪汪汪的。
"我要死了,"她说,"我好害怕。"
我不知道是怎么回事。
"身体出血了……好多血……肚子也疼……"
"出血了?"
流出来的血染在了她的短裙上。我迷惑地看着裙子上的血迹，好久以后才领悟过来是怎么回事，脸一下子红了。

"我会死掉吗？"她怯怯地问我。

"……不……不会的。"我结结巴巴地回答。

去便利店给小蛋买卫生巾时，我相当紧张。事先已经给玛利亚打电话请教了应该买哪个牌子，好不容易从几十种各式各样的卫生巾里找到了玛利亚说的那一种。

"现在的男孩子好体贴啊。"收银员阿姨问，"是帮女朋友买的吧？"

我支支吾吾说不出话，付完钱离开，衬衫都被汗浸湿黏在了背上。

另外，我只有请玛利亚给小蛋进行生理辅导。这件事不管是我还是那台无所不知的冰箱都爱莫能助。

经过这件事，我才意识到，小蛋确实是个如假包换的女孩子。

20

不知不觉，十二月就到了。街上开始有了圣诞树和圣诞彩灯。地铁出口派发赠品的女孩也穿上了圣诞服装，好像是圣诞老人的孙女一样。也许圣诞老人真有一群孙女，一到圣诞夜就帮他四处派发礼物到挂着的袜子里，说不定真是这样的。

可惜的是，到现在为止还没有下过雪。已经有好多年没看见过白色的圣诞节了。不下雪的圣诞好像少了些许气氛。

不过，圣诞节到来前，雪还是下了。雪是夜里飘下来的，在我们早上起床之前已经停了。透过窗户看外面，白色的雪薄薄地覆盖在地面上。

"天上下 Ice cream 了！"

小蛋惊喜地说。她还没见过下雪，冰淇淋倒是吃了很多。

早饭后，我去院子里扫雪，她在一边堆雪人玩。扫完雪，我们在走廊的一个角落发现了两只趴在一起的情侣猫，大概是夜里在这里躲雪。小蛋按惯例拿出食物款待了它们。两只猫心安理得地享用了它们的圣诞情侣餐。

关于圣诞礼物，小蛋收到了玛利亚送的文胸（我猜文胸的戴法她大概已经教过小蛋了）。给我的则是一条手织的咖啡色围巾。我买了周杰伦的最新 CD 送给玛利亚，给小蛋的则是一只毛绒玩具熊。另外，她还从红袜子里收到了一封圣诞卡。我装作不知道圣诞卡是谁写的。

卡上歪歪扭扭地写着：

"给喜欢吃香草冰淇淋的小公主，

祝圣诞快乐！

森林里的熊馆熊窝熊王子。"

看完圣诞卡，小蛋开心地把玩具熊抱在怀里。

"亲爱的小熊！"

作为圣诞活动，玛利亚等一群同学下午约在 KTV 聚会飙歌，我和小蛋也被一同拉去了。

"我……我……不……不……会，唱……唱歌。"我唯唯诺诺地说。

"没人要你唱啊,说实话大概也轮不到你唱,只是让你当评委。"她转向小蛋,"喜欢唱卡拉 OK 吗,小蛋?"

"卡拉 OK?"小蛋睁大眼睛问,不懂。

玛利亚清晰地叹了口气,看我的眼神明显带着谴责。

"你不会告诉我,从来没有带小蛋去唱过歌吧?"

这是当然的。其实我也只去过一次 KTV。平时在家我们大多听轻音乐,偶尔听摇滚乐。KTV 里的流行歌曲我基本都没听过,也没唱过。我有自知之明,清楚自己五音不全,只会制造噪声。但我不清楚小蛋是不是会唱歌。在我看来,只要是女孩,好像多少都有点音乐细胞。

"小蛋好可怜啊。"

玛利亚好像觉得我虐待了小动物。

小蛋配合她做出擦眼泪的动作。

结果我们被拉去了 KTV,坐在十几个情绪激动的女生中动弹不得。每个拿着麦克风的女生都觉得自己是还没被人挖掘出头的歌星,而暂时没拿着麦克风的却觉得自己才是真正懂行的乐评家。我和小蛋显然什么都不是,之所以被邀请,可能是因为她们十分需要我们这样纯粹的听众吧。

这样子的演唱会真够折磨人的。过了半天工夫,只觉得头昏脑涨,肚子又饿,我借口去洗手间悄悄溜出了房间,小蛋也跟着出来了。两个人来到 KTV 的餐厅,这里为客人提供免费的自助餐,有沙拉、水果、西式糕点、寿司、烧烤等。

"没有冰淇淋啊。"

小蛋大失所望。这里确实没有冰淇淋。

每样东西我们都尝了一点,很快就吃饱了。

这时,玛利亚也来到了餐厅。

"原来你们在这里。正好要拿点饮料回去,一块帮个忙吧。"

于是三个人端了十几人份的饮料回了房间。大家看上去唱得很辛苦,一个个都像沙漠里几天没喝水的骆驼一样口渴。饮料喝完后,我又被指派去拿水果。水果之后是沙拉和烧烤。看来她们叫我来是早有预谋——这里很需要一个搬运工。

现在大家一边进餐一边半场休息,麦克风已经空了出来。

"小蛋也唱一首吧。"她们提议说。

"亲爱的,我可以唱吗?"小蛋问我。

"当然可以啊,只要你喜欢。"

我很好奇小蛋会唱哪首歌。结果她选了周杰伦的《双截棍》。对正常人类来说难度系数很高的一首。

音乐开始。小蛋在万众瞩目中拿起了麦克风。

"哼哼哈兮……"

"哈哈哈哈!"

一屋子的人一瞬间就东倒西歪了,只有小蛋手持麦克风认真地唱着"歌"。

所有人都被这首小蛋版《双截棍》打败了,绝对是无法想象的现场演唱。如天马行空,横空出世,不拘一格。此曲跳出三界外,不在五音中,只应天上有,人间哪有几回闻,震晕帕瓦罗蒂,吓死多明戈。哪怕是周杰伦本君,听到亦会吐血身亡。

隔壁房间的客人也被惊动了。透过房门的玻璃,我看见门口聚集了一堆人,有人往房间里张望,服务员在对他们解释着什么。

一曲终了。大家好不容易捂着笑得发疼的肚子,从地上爬起来挣扎着坐回沙发。还有女生用纸巾抹拭眼角,连眼泪都笑出来了。

"大家怎么了?"小蛋似乎毫无察觉地问。

"没什么,小蛋唱得很不错。"玛利亚止住笑说,"小蛋怎么会唱这首歌的呢?"

我忽然感觉不妙。

"唔,我听亲爱的在洗澡的时候唱过,所以就学会了。"小蛋说,"亲爱的就是这样唱的。"

女生们捂着肚子在沙发上打滚,一边拼命用手拍着沙发。

我一下子全身僵硬,血液似乎都涌到了脸上,差点失去知觉。

"哈哈哈哈!"

"他一边洗澡还一边唱歌……"

"唱成这个样子……"

"还真看不出来他这么好玩……哈哈哈……"

敲了几下房门后,服务生进到房间里。

"刚才是这位小姐唱的歌吗?"他问。

"是我。"小蛋举手回应。

"刚才我们的老板正好听见了您唱的这首歌。嗯……因为您是本店第一千个唱这首歌的客人,作为特别优惠,而且又是圣诞节,嗯……大概是吧……本店决定免除您与您朋友这次唱歌的费用……"

"真的吗?"

"不是开玩笑吧?"

"真的,只是我们希望,就算一个小小的请求吧,……希望您不要在本店再次唱这首歌了。嗯,刚才旁边的客人们有所不满,……这样下去的话本店的生意可能会受影响……"

原来这才是免单的理由。

女孩们感激地轮流拥抱小蛋。

显然所有人都很开心。唱歌结束后,大家就分头走了。本来我们还想聚餐的,但由于在 KTV 里已经吃饱了,加上有些女生晚上还要和男生约会,所以只好作罢。离开时大家都说下次还要叫小蛋一起来唱歌。

我和小蛋走路回家,走了一会儿,路过"哈根达斯"门口。

"想吃冰淇淋吗?"我问。今天是圣诞节,小蛋还没吃到她最爱的冰淇淋呢。

"想的。"小蛋用力点了点头。

于是我带她进了"哈根达斯"。

她非常喜欢这个冰淇淋圣诞晚餐。

21

由于小蛋太喜欢哈根达斯的冰淇淋了,新年过后,我发现自己的生活费已经所剩无几。一个月去十几次哈根达斯,比尔·盖茨也会破产吧。

为平衡财政赤字,我决定出去打工,也就是课余去找一份兼职。向父母借款虽然可行,但我不喜欢啰哩啰嗦跟他们解释。何况谁知道他们现在正在地球的哪个角落建造奇形怪状的建筑物呢（还美其名曰后现代艺术）！所以还是自力更生吧。

我找来一堆求职招聘类报纸，花了两天从里面搜索可能合适自己的工作，结果相当令人失望。大多数公司并不需要兼职人手，而在少得可怜的兼职工作中，大多数派发赠品或者电话调查类的活计只招募女生（摆明了是性别歧视）。去麦当劳这样的快餐店打工倒不失为一条出路，可是谁会要一个一旦和女性顾客说话就口吃的服务生呢？又不见得天天埋头拖地板或在厨房间里炸鸡翅。

不管三七二十一，我还是去几家快餐店和咖啡店应聘了。可是不知道怎么回事，面试我的全都是女性，并且个个青春靓丽，足可以入选选美比赛的种子选手。我一下子就蔫了，结结巴巴说不出一句像样的话。结局可想而知。

尽管如此，回家以后我仍然愁眉苦脸锲而不舍地在报纸上搜寻兼职信息。

"亲爱的，你在干什么？"小蛋趴在我背上问。

"唔，我在看有没有打工的地方。"

"打工？"她问，"是乞讨吗？"

"不是的，打工不是乞讨，打工是要给人家干活的，乞讨不用给人家干活。"

"哦，我明白了，打工就是给人家干活的乞讨。"

"这个，"我挠头，"好像也可以这么说吧。"

我继续找招聘广告。小蛋在一边问冰箱问题。

"冰箱啊冰箱，我想知道亲爱的为什么要去乞讨？"

"这个嘛，因为他需要钱。"冰箱喋喋不休地说，"这就是所谓的现实生活，不管怎么样最后都会和钱打交道。关于金钱的现实问题，莎士比亚先生早就在他的伟大戏剧中研究过了，另外可以参考卡尔·马克思的《资本论》。所以,我个人觉得还是做一台冰箱比较快乐。"

"钱?"

小蛋好像很迷惑的样子。她早就学会自己去便利店买冰淇淋了,所以对钱她并不陌生。可能她还不明白钱为什么很重要吧,童话里也没有交代过钱的重要性。对于高度发达的现代社会来说,如果一个人没有钱的话,无疑会比流落荒岛的鲁滨逊更加凄惨。

因为荒岛上的鲁滨逊用不着钱买东西。

"亲爱的,你很缺钱吗?"小蛋问。

"倒也不能说是很缺,不过,钱这东西最好多储备一点,就和松鼠一样。"我头也不抬地回答。

"松鼠?"

"大多数松鼠在冬眠前都会在洞穴里准备很多食物,松果和种子之类的。因为冬天常常找不到吃的。"

"亲爱的,你也要冬眠吗?像松鼠一样?"

"我?我是人类,人类没有冬眠的。我只是用松鼠来打比方。"

"哦。"她点头表示理解,"那小熊呢,小熊也冬眠?"

"小熊也冬眠。不过它不用准备食物,熊通常在冬天之前吃得饱饱的,然后一觉就睡到了春天。"

"人不能像熊一样睡一觉就好了?"

"不能。"我叹了口气。

说到睡觉,我确实有点困了。睡一觉就能解决问题那就好了。想象一下,假如身上没钱了,立刻躺下睡觉,一直睡到有钱为止。还真是轻松啊。

假如我是一头熊就好了。我想。

22

周末放学的时候,我去学校附近的麦当劳店试试运气,结果发现店里居然清一色都是女孩。连问也不用问了,这里明显是麦当劳女生店。

我深受打击,反正也没有别的办法,索性用所剩无几的纸币买了两支甜筒,和小蛋坐在店里吃了起来。看小蛋无忧无虑的样子,真有点羡慕她。

回家路上,我一边摸着口袋里的硬币,一边惆怅地看着天边的晚霞。好像越是穷困潦倒的时候,越是容易多愁善感。怪不得艺术家通常都很穷的样子,大概这样才有灵感吧。我叹了口气。

感觉小蛋摇了摇我的手,低头一看,她好像很关心地仰头看着我,就像看路边纸箱里被遗弃的小猫一样。

"亲爱的,你不开心吗?"

"没有啊。"

"这几天你好像都没有笑过。是因为小蛋做错事了吗?"

"跟小蛋没有关系,我也没有不开心。"

"也不是肚子疼?"

"也不是肚子疼。"我摸了摸她的脑袋,"只是在考虑打工的事情。"

"打工，像小松鼠一样"

"是，像小松鼠一样地打工。"

我再次叹了口气。真像松鼠就好了，至少松鼠不会口吃。

"看啊，那边的花好漂亮。"

我向小蛋手指的方向看去，原来是一家新开的花店，花店里满是盛开的鲜花。由于从来没有去花店买过花。所以不管是花店还是鲜花我都不怎么了解。

但小蛋显然很感兴趣。她拉我到花店的橱窗前看里面各式各样的花束。

橱窗上贴的一张告示引起了我的注意。

"本花店现需要店员一名，如果您有兴趣加入的话，请进来看看吧。"

花店店员？

店门上有花店的名字：

每日奇迹花店

我正在琢磨花店的名字时，小蛋已经轻轻推开了店门，玻璃门上挂着的风铃叮当叮当地响了起来。

一进到店里，就看见各式各样的花。

有玫瑰、百合、康乃馨、蝴蝶兰、郁金香、勿忘我等，还有许多我连名字也说不上来。店里的花多得不可思议，我们就好像置身于花的世界里一样，而且可以闻到各种清新的花香味。

当然花店里有的不仅仅是鲜花，还有很多盆栽植物，风铃和藤蔓从天花板垂下来。站在这里，让人觉得神清气爽，好像什么烦恼都消失了。

"好漂亮啊！"

小蛋完全被这里的花吸引住了,她一边小心抚摸着各种花的花瓣和叶片,一边和它们打招呼。

"亲爱的花们,你们好,我是小蛋,我很喜欢你们。希望你们也喜欢我。"

但是,店里除了鲜花以外,没有看见人影。

"请问有人吗?"

没有人回答。大概店主正好出去了。

我正这么想的时候,风铃又叮当叮当地响了起来,店门开处,一名三十岁左右的女性进到了店里。女性身穿式样雅致的牛仔裤和白色高领毛衣,头发束在脑后。她给人一种优雅的感觉,有点像奥黛丽·赫本,肤色白皙得接近透明。

这位像奥黛丽·赫本的女性手提一个便利店购物袋,她看见我们,好像有点意外似的微微一笑。

"请问,你们……"

话还没说完,她双眼一闭,跟睡着了一样,向后靠在了橱窗上,整个人慢慢向下滑去,整个过程仍然让人觉得很优雅。

她居然晕过去了?

我吓了一跳,不明白是怎么回事,连忙扶住了她。小蛋找到一把椅子。我们把这名不知道是晕过去还是睡着了的女性安顿在椅子上背靠橱窗坐着。

"这个姐姐她怎么了?"小蛋一边拿手帕往女性脸上扇风,一边问,"会死掉吗?"

"别乱说了,"我赶紧制止小蛋,"她只是晕过去了。"

话虽然这么说,我心里也惴惴不安。万一……那该怎么办?试探性地把手指伸到对方鼻子下面,呼吸还很通畅,心跳也好像没有停止。

小蛋想到什么似的竖起了右手食指。

"啊，我知道了，我从电视里看到过，这种情况下应该做什么。"

"做什么？"我问。

"人工呼吸！"

"人工呼吸？别开玩笑了！"

"可是电视里都这样啊，女孩不省人事的时候，男孩只要人工呼吸，就可以让她活过来的！就连睡美人也是用类似的办法醒过来的。"

没听说睡美人是用人工呼吸救活的，但我现在没心思和小蛋辩论。我让她帮忙扶住"奥黛丽·赫本"，自己好打电话叫救护车。

还没有提起电话，就听见小蛋说："姐姐好像醒了。"

果然，像奥黛丽·赫本的女性眼皮跳了几下，随即稍微睁开了眼睛。

"不用……打电话，我……没事。"她声音轻飘飘地说。

"有，有……什么，要我……我们帮忙的吗？"

我结结巴巴地问。因为对方是女性。

"请把药……递给我，在购物袋里……"

我拿起购物袋看了看，没有看见什么药，只有一袋水果糖，几块巧克力和一罐花生酱。

她从袋子里拿出一块水果糖，含在了口中。

"过一会儿就好了……你们喜欢吃糖还是巧克力？"

我有点发愣地看着她。难道水果糖就是药？

"您真……真的没……没事了吗?"

她点了点头。

"已经没事了,今天一直没有吃药,所以才会出问题的。"

"这么说,水果糖就是姐姐的药了?"小蛋问。

"是啊,糖就是我的药。"她不失优雅地微微一笑,"我天生身体里缺糖,每天如果不及时补充糖分的话就会一下子晕倒。看起来挺吓人的,其实根本没什么。"

我们谢过了她,接过水果糖含在嘴里。

"只要吃糖就可以了?"

"是的,只要吃糖就可以了。不过我喜欢甜食,所以有时候我反而觉得很幸运。"

"幸运?"

"因为可以正大光明地吃甜食了啊。"她笑眯眯地说,"哦,对了,刚才谢谢你们了。昨天晚上糖就吃完了,但到今天我才想到去买。刚刚就是去旁边的便利店买糖了。"

"这个漂亮的花店是姐姐开的?"小蛋又问。

"嗯,是的。才开了不久。你们是要买花吗?"

"对……对不起,我看……看见窗户上……要……要店员,所……所以……"

我脸红了。我应该早想到她就是花店的店主。

"你想来每日奇迹打工?"她问。

我点头。

"你还在上学?"

"大学……一年级。"

"为什么要打工呢?"

"因……因为生活费……"

"我明白了。"她依然笑眯眯的,"请先填张表格吧。"

我填写个人简历的时候,像奥黛丽·赫本的女性跟小蛋讲解店里面各种花的种类。等我填完表格,她拿在手上仔细看了一遍。

"那么,你以前做过类似的工作吗?"

我摇头。

"嗯,那么,园艺或者插花方面你有所了解吗?"

我再次摇头。

"植物学方面呢?"

"读,读过《物种起源》……"

我没什么信心地回答。《昆虫记》其实我也读过。细细一想,我沮丧地发现,除了女性恐惧症外,我基本没有任何特长可言。

"这样啊……"她想了想,说,"你什么时候可以来上班?"

"您愿……愿意要我?"

"当然啊,你不是读过《物种起源》吗。"她微笑说。

我感激得说不出话来。小蛋也举起右手。

"姐姐,小蛋也想打工。"

"你叫小蛋?好好玩的名字。"每日奇迹花店的店主亲切地抚摸了一下小蛋的脑袋,"你也想在这里打工?"

"嗯,小蛋也想像松鼠一样地打工,想和亲爱的一起打工。"

"松鼠,亲爱的?"

花店店主好奇地问。

"可以吗,姐姐?"

"让我考虑一下……好吧,你来做花店的精灵好了,每天穿着草裙在门口跳舞……别这样看着我,我是在开玩笑,再吃个

75

糖吧。"她笑眯眯地说。

于是，我和小蛋成为了这家"每日奇迹花店"的店员。

23

花店的主人，这位每天如果不吃糖就会优雅地晕过去的，和奥黛丽·赫本相像的三十岁女性，告诉我们说她的名字叫安婕，英文名奥黛丽（还真是奥黛丽），奥黛丽·安。

一开始，我毕恭毕敬地称呼她安小姐。

"不用这样吧。叫我安，或者奥黛丽都可以。"她说。

后来我才改口叫她安。

小蛋叫她安婕儿姐姐，或者是奥黛丽姐姐，有时干脆就叫姐姐。

至于打工的时间，基本上我不上课时就来店里，周一到周五的话是下午到晚上九点，周六周日是全天。

薪水方面嘛，由于安算我和小蛋两份，所以总的来说已经很可观了，至少能满足小蛋一个星期吃次冰淇淋大餐的要求。

"每日奇迹"的工作是从每天清早开始的。我在七点半之前要赶到花店，因为这时候是花圃送花过来的时间。我帮忙从小型货车上把预订的鲜花和盆景搬到店里，然后帮忙打扫店铺做开店的准备。活干起来一点都不累，而且早上花的香味非常清新，让人觉得神清气爽。

开始的几个早上，小蛋也一大早起来和我一起去花店，不过她显然一副睡眠不足的样子。没办法，女孩子都贪睡，恐怕连奥黛丽·安这样的女性也不例外。后来我干脆留小蛋在家里继续睡觉。等一切做完以后去学校前才叫醒她。

自从成为花店精灵以后，小蛋不再跟我一起去上课，而是每天早上由我送到店里，简直跟送小朋友去幼儿园一样。

"对……对不起，小蛋给……给你添麻烦了。"我不好意思地跟奥黛丽说。

"说什么呢，有个人做伴不是很好吗？要知道没小蛋在的话一个人很冷清的。再说小蛋又这么可爱，给花店也帮了不少忙。"

的确，每当客人到店里看花，只要小蛋到客人面前乖巧地说"请买些花吧"，对方通常都会自然而然地买束花。这种本领我无论如何也学不会，还是搬花送花这些体力活适合我。

话是这么说，花店的工作其实并不只是简单的搬花送花。从打工的第一天开始，不吃糖会随时晕倒的花店主人就开始教我们关于花的知识。从花的品种类别、种植和护养方法，到花束的搭配和插花的技巧，还有各类花语不同的含义。

粉红色的康乃馨代表热烈的爱，白色却代表纯纯的友情；黄色郁金香代表爱情没有希望，紫色的却代表爱情永不磨灭；紫罗兰表示信任和希望；满天星是梦幻般的憧憬；如果收到了红玫瑰，无疑是有人在对你表白爱意（这个应该谁都知道，甚至包括我），而黄玫瑰的到来，可能是吵架之后他前来道歉。

花束搭配方面，简洁的橙色最近很流行。长花束适合高个子的人拿，但包装纸的颜色要柔和，紫色花束适合潇洒的男士，白色花束适合祝贺结婚纪念日，因为白色代表着婚姻的忠诚。小花束可尽显男性的品位，如果约会时男性从口袋里拿出来，一定会给女方一个惊喜。

  小小一朵花里面竟有这么多的学问，我不免感到惊讶。这样看来就连植物学博士都未必能经营好一个花店。我很佩服奥黛丽·安，虽然不按时吃糖就会不醒人事，她还是把这个小小的花店打理得很好。

  换成我，大概就不行了。

  因为明显感觉到自己的无知，和安婕熟悉以后，我心虚地问她怎么会选我在"每日奇迹"做兼职的。

  她就这个问题认真思考了一会儿，然后一边修剪插花一边微笑着说：

  "可能因为我喜欢漂亮的女孩和单纯的男孩吧。"

  我的脸和耳朵一起红了。实在是太不好意思了。

  我绝对算不上单纯，高中时就看过《PLAY BOY》杂志了，是同桌的女生借给我的（和女孩同桌，对我来说真是一段痛苦的历史）。她从小学画画，家里堆满了美术比赛得来的奖状。某天她问我有没有看过《PLAY BOY》，我说没有，于是她就给我带了几本，给我这个土包子开了开眼。

  "没什么意思。"她耸了耸肩膀，说，"我用来画人体写真的，总比自己脱光了照镜子画强一点。"

  有两本她作画完毕后送给了我，我一直保留着。直到收养小蛋以后，我才忍痛把两本杂志处理了。

24

虽然刚开没多久,花店的生意好像不错,每天都有很多客人来买花,男女老少都有。有的是买花送给自己喜欢的对象,有的是送给自己前去探望的人,也有自己买回家布置房间的。

作为花店经营者,安不但要将客人挑选的花包装得漂漂亮亮的,还要帮客人挑选适合的品种。当然,不同的花语有不同的含义,基本上每个喜欢花的人都多少知道一点,不过按照安的观点,每个人都有最适合自己的那一束花,"那就跟命中注定和某人相爱的感觉一样。"她说。我和小蛋都懵懵懂懂的,好像明白又好像不明白。

比如说,有两个男孩同时进来买玫瑰,她建议其中一个人买白色的,另一个人买粉色的。这有什么区别吗?安却说这样可能会让他们的恋爱顺利一些。

又比如同时来两个人去医院探望病人,安会让其中一个买一小束非洲菊,另一个则买杂色的大丽花。

"这样一来,他们关心的病人应该会康复的。"

"您怎……怎么知道的?"

"直觉。"安想了一会儿,笑眯眯地回答,"或者说第六感。"

"这……这样啊……"

我点头表示钦佩。

从书上看来的,女性的直觉或者说第六感和动物有一拼,特别是情感方面。让人立刻联想起中世纪的女巫。

中世纪的女巫和现代的女性一样擅长星座学。基本上我身边每一位女性都是星座学高手，聊天时常要问对方的太阳星座和月亮星座现在运行到了哪里。运用星座来进行爱情占卜是现代女生的必修课，当然小蛋是个例外，小蛋是冰淇淋方面的专家。

　　说到星座，从安这里知道，居然每个星座都有相对应的鲜花。像射手座是勿忘我，天秤座是满天星，白羊座是百合，双子座是仙人掌的花……

　　在花店工作的第一天，小蛋就学会了用"心"去照料花。

　　"不用'心'去照顾花是不行的，"安一边给花喷水一边说，"花们都是很敏感娇弱的，如果它们发现你不是真的喜欢它们、爱护它们，它们随时都会枯萎的。"

　　安为了照顾那些"敏感娇弱"的花，还特意播放轻柔的音乐。

　　于是，给花浇完水，小蛋站在花的前面作祈祷状：

　　"亲爱的花们，我是小蛋，我很喜欢你们，希望你们也喜欢我，希望你们都开得漂漂亮亮的。"

　　然后转头问安：

　　"这样可以吗，姐姐？"

　　"可以了可以了，"安笑眯眯地说，"来，小蛋，吃块糖吧。"

　　小蛋把水果糖含进嘴里。

　　"安婕儿姐姐，为什么你开的这家花店的名字叫'每日奇迹'呢？"

　　"因为我希望，"安回答说，"我的这家花店，能在每一天都给客人带来一个小小的奇迹。"

不久，我就发现，先不管有没有奇迹，神奇的事情确实存在。

有几次，当安手拈花朵时，已经枯萎了几天的花朵居然再次绽放。

一夜无人照看，明明花朵都蔫了，可是只要安一来，立刻满室芬芳，花们好像是睡醒了一样纷纷伸了个懒腰。

看到这些，小蛋喜欢得不得了，请安姐姐教她。

"其实只要和花们心情上有交流……"

安解释说。

没过多久，似乎小蛋也学会和花们心灵沟通了。

可以让花骨朵瞬间在手上绽开。

让枯萎的花起死回生。

"每日奇迹"的鲜花开放期比平常的花至少长了两倍时间，明显摆脱了生物定律。

连客人也感觉得到。

"你们这家花店的花好像开得特别久的样子，"上次一位常来买花的顾客跟我聊天说，"买回家已经一个月了还精神着呢，我也没怎么细心照料呀，最多隔天换次水，你们这里花的品种是不是改良过的？"

我想，这大概和花的品种没什么关系。

25

在花店工作一段时间后,安好像发觉了我在面对女性时不太对劲的地方。

某天花店打烊的时候,她跟我说:

"对了,我想问你一件事,可以吗?"

"可……可以啊。"

"你有时候说话很紧张,所以才口吃,是吧?"

"……嗯。"

"我觉得,好像只有和女孩子说话的时候,你才会紧张,是不是?像刚才来买花的男顾客,你说话时就很流利。"

"……"

"另外,和小蛋说话的时候,你也不口吃。但是和我说话的时候,就有点结结巴巴的,是这样的吧?"她问,"这到底是怎么一回事呢?"

"这……这个……"

我没有办法,只好结结巴巴吞吞吐吐地跟安说了自己患有奇怪的女性恐惧症的事。

"原来是这么回事啊。"她若有所思地从糖果盒里拈出一颗咖啡糖,"就跟我以前的一个朋友一样,难怪我觉得……"

"你的朋……朋友也……也有这……这毛……毛病吗?"我问。

"是啊。他比你的情况好像还严重一点,他几乎对所有的女性都过敏。只要一有身体的接触,立刻起风疹,呼哧呼哧地哮喘,然后不醒人事。可怜!"

是够不幸的。我顿时有同病相怜的感觉,觉得他比我还要可怜。

"说来也奇怪,我的这个朋友,他越是像躲地狱恶狗一样躲着所有女孩,女孩却偏偏喜欢缠着他,可能是觉得他蛮特别的,人又长得帅,这就叫祸不单行。几乎每一次都会被折腾到口吐白沫送往急救室。那时我也常常因为忘记吃糖而被送到急救室,结果两个人就在急救室认识了,成了朋友,这就叫患难之交。怎么样,很有趣吧。"

"后……后来呢?"

"谁都以为他得的是不治之症,大概他自己也这么想吧。大家都很同情他,觉得他除了同性恋以外再也没有别的出路了。"

同性恋……我毛骨悚然。

"可是谁知道有一天,他突然跟我说喜欢上了一个女孩,打算和对方结婚。我大吃一惊,问:'那你过敏怎么办?'他挠了挠头,有点不好意思地说已经治好了。我于是伸手碰了碰他想试验一下,结果他直直倒下了。不是说治好了吗,怎么又昏过去了?我当时还很纳闷。后来才知道只有面对那个女孩的时候,他才不会过敏。这个世界真是奇妙。"

听她这么说,我也点头。

"那个女孩也因为这个原因才会对他产生感情的。一开始大概是同情心,'这个世界上他除了我以外再也不能接近别的女孩了。'女孩这么想。然后是感动,最后还有信任感。因为想必这个对女性过敏的男性是没什么外遇的可能了。于是两个人后来就结婚了。现在两个人好像过得挺美满的。"安转向我,问,

"我这么问可能不太礼貌,你是不是对自己的事情很介意?"

我感觉脸上有点发热。

"也没……没有太……太介意,习……习惯了。"

她微微一笑,把咖啡糖放在我手上。

"其实不用太介意的。这个世界上差不多每个人都有自己的苦恼。这是上天跟我们开的一个小小的玩笑,用来考验我们。就拿我来说,从小就被人看成是吃糖的小怪物。父母一开始也以为我是耍赖要糖吃才假装晕倒的。我很伤心,可是我同时也得到了许多关爱。可能大家都挺喜欢甜蜜的小姑娘吧,每到节日我收到的糖果都是最多的,情人节也收到比别人更多的情书。说句悄悄话,我很享受这些的。总之万幸的是,尽管吃了很多的糖果,可是我既没龋齿也没变胖,别提有多开心了。"

她笑了起来。我也是,虽然有点不好意思。也许事情确实像安说的那样。每个人多少都会有一点自己的问题。我一和女性说话就口吃,安不吃糖随时会晕倒,小蛋离不开冰淇淋,玛利亚热爱上帝和卡拉OK。这些看起来可能都有些奇怪,但实际上,这些都是相当正常的,就好像来花店买花的人希望鲜花能带来爱情一样正常。

生活是因为不正常才真正成为现实生活的,所以我们不必逃避它。安也许想告诉我这个道理。

我想她是对的。

26

　　我和小蛋到花店兼职以后，玛利亚来看过我们几次，每次她都买一束百合。小蛋问过她花要送给谁，她没有回答，只是微笑着摸了摸小蛋的头。

　　每次买花的第二天，在学校看见她的时候，她的眼圈好像都是红的。

　　周末下午，我照常在店里当值。每到周末，客人总是特别多。

　　玛利亚来的时候，最后一个客人刚走掉。那是一个以前来买过花的白领女郎，她这次虽然也是来买花，但更像是来向安致谢的。

　　店里时常有顾客回来向安表达谢意。有时是单独来的，有时是成双成对的，似乎是在她的建议下买花的人都能心想事成的样子。这位白领女郎似乎因为和前男友复合了所以才感谢安。

　　"我错怪了他……还好没有造成更大的问题……所以我想谢谢你。"

　　她又买了一束花后离开了。

　　门上风铃响了起来，玛利亚进到了店里。

　　"啊，玛利亚姐姐！"小蛋向她摇手，"又来买花吗？"

　　玛利亚也向小蛋摇手。

　　"是啊，我要一束百合。"

小蛋帮忙挑选百合花和配饰，然后我把花包起来。已经在店里干了些时候了，所以包装算是很熟练了。

玛利亚接过百合花束，有些犹豫，好像有什么话想说。

"有件事想请你帮忙，不知道可以吗？"

"什……什么事？你……你说好了。"

"帮我把花送去医院吧。"

"医……医院？哦哦，可……可以的。"

"不过可能要耽搁你一些时间。"

我有些纳闷，不知道玛利亚到底要我送花到医院干什么。不过如果客户要求送花的话，原则上我们是有这项服务的。

"今天应该没什么事了。"安说，"小蛋，你想一起去送花吗？"

"想的。"

"让小蛋和你一起去吧，我今天正好要早点收工。因为朋友家有个聚会。"

"谢……谢谢……"

"如果是去医院的话，那最好再带点薰衣草。"

安采了一小篮薰衣草让小蛋拿着。

我们谢过安，离开了花店。

去医院的路上，玛利亚悄悄对我说：

"还有件事要拜托你，有点难说出口。"

"没……没关系的，只……只要我……我可以……"

"做我的男友吧。"

我浑身僵硬，几乎不敢相信自己的耳朵。

"别这么紧张，我是说假扮成我的男朋友，假装我们在恋爱就可以了。"

玛利亚好像也很不好意思，低头解释说。

"我们这不是去医院吗，其实医院里的病人是我的祖父，我从小父母就不在身边，是祖父把我带大的。他非常非常疼我，总是说希望看见我嫁人的那一天。他心脏不好，已经住院很长时间了，明天就要动手术，医生说手术如果不成功的话……祖父可能也知道自己的病情已经恶化了，他说可能看不到我的婚礼了，但看看我的男朋友也好，算是完成一个心愿吧。你知道，我其实没有和谁恋爱，所以请你帮个忙。"

原来如此，是为了安慰病人，我舒了口气。骗人我有点不忍心，但这次情况特殊。只是我没有做过什么人的男朋友，不知道会不会穿帮。只好尽量配合了。

"你愿意帮忙？"

我点头。

玛利亚看起来也轻松了点。

"不过先说一下，老人家的脾气不太好，所以等会儿你可别紧张。不用害怕的。"

我想象一个满头白发嚣张的老人对我怒吼的样子（小子，你敢骗我！）。

到了医院，小蛋说要去洗手间。于是我和玛利亚先进了病房。

老人一个人住一间病房里。另一张床是空着的。病房的花瓶里插着淡雅的百合花。躺在床上的老人满头白发，正在闭目养神。我打了个哆嗦。

听到有人进来，老人睁开眼睛，看见了我们。

87

他的目光落在玛利亚身上时，瞬间充满慈爱之情。看到我时，他倒也没有大发雷霆，好像只是"哼"了一声。

我战战兢兢地随玛利亚叫了声祖父，然后就噤若寒蝉地站在旁边，等候老人发落。

玛利亚把花瓶里的百合换掉后，帮祖父坐起身来。两人轻声言语了几句，老人疼爱地摸了摸自己孙女的头。不知道为什么，我想起自己也经常这样摸小蛋的脑袋。小蛋怎么还没过来呢？我有点心神不宁。

正在胡思乱想的时候，玛利亚过来低声对我说：

"我先出去一下，祖父想和你单独谈谈。"

玛利亚出去以后，房间里的气氛一下子显得有点紧张。老人上下打量了我一会儿，我身上的冷汗层出不穷。

"请坐！"

老人说。

我唯唯诺诺地点头坐下，连谢谢都忘了说。

"你们的事，我已经听玛利亚说了。"

我不知道玛利亚说了什么，只好闷声不响。

"别的我不想多问，我只想知道你们打算什么时候？"

"什么什么时候？"

我很困惑地问。

"结婚啊！"他好像有点生气，"你难道不想娶玛利亚！"

"哦，想的，想的。"

我连忙说。

"等我们大学毕业以后，因为现在的学校规定学生不能……"

老人显然对校规什么的嗤之以鼻。他哼了一声。

"再说我们还没到法定结婚年龄……"

"这个不是问题,可以先订婚。"

"这个……"

我只好犹豫着表示赞同。

老人看了我一会儿,叹了口气。

"玛利亚是个好女孩,我只有这么一个孙女,要不是她说很喜欢你,真不想便宜了你这小子。你可别耍赖,你要是耍赖的话,玛利亚肯定会难过的。"

"我不会的。"

"男孩应该照顾好女孩,好好对她,否则后悔都来不及,知道吗?"

见我点头,老人"嗯"了一声。

"看上去人倒还老实,和我说实话,你有没有欺负过她?"

好在这时候玛利亚回来了,老人不再追问下去。我如释重负。对了,怎么还没看见小蛋,她去哪里了?

正担心的时候,我听见小蛋的声音:

"亲爱的,你在里面吗?"

"我在这里。"

我连忙回应。

小蛋从门口探进脑袋。

"啊,玛利亚姐姐,总算找到你们了。"

看见病床上的老人,小蛋露出面对小动物一样的可爱笑脸。

"啊,您好。我是小蛋!"

老人兴趣盎然地看着小蛋,脸上的表情舒缓开来。

"这位是?"

玛利亚和祖父解释说这是我亲戚家的孩子,现在由我来负责照料。

"你去哪里了?"我问小蛋。

"我迷路了,忘记你和玛利亚姐姐是在哪个房间了。后来走到画家先生的病房里去了。"

"画家先生?"

"画家先生眼睛看不见了,但他可以闻见花篮里的薰衣草花香味。他问我是谁,我说我是小蛋,我问他有没有看见我亲爱的和玛利亚姐姐。他笑了笑,说他眼睛看不见,所以不知道你们在哪里。他人很好,请我吃柠檬糖,我们就聊了一会儿。他说他最喜欢薰衣草了,不过现在只能闻到香味了。我说,那我把这篮薰衣草送给他吧。他很高兴,说不能白要我的东西。让我选一幅画当做礼物来交换。他的病房里到处都是画。我就选了一幅,然后我想亲爱的了,就和他告别出来找你了,然后就见到你们了。"

小蛋一口气说了下来。

"看,就是这幅画。"

我才注意到小蛋带的薰衣草花篮已经换成了一张画。这是张油画,画面上,一位白裙少女站在一片薰衣草花田当中,憧憬地看着远方。少女的面孔看起来居然和玛利亚有些神似。

尽管我不太懂画画,可仍然看得出,这是一幅难得的佳作。

玛利亚的祖父也看见了画,他愣了一下,然后目光就再也没有从画上移开。

"请给我看一看。"

老人把画拿在手上看了一遍又一遍，神色有点古怪，既像是在伤感，又像是欢喜。

过了会儿，他跟玛利亚小声说了两句话。

"祖父很喜欢这幅画，想问一下小蛋，他可不可以买下来。"玛利亚对我说。

"小蛋？"我于是问小蛋。

"那就送给你好了，玛利亚姐姐一直请我吃冰淇淋的。"

老人没说什么，摸了摸小蛋的脑袋，大概是表示感谢。他又端详了会儿油画，可能是觉得累了，把眼睛闭上了。

于是我们告辞离开。

"今天谢谢你了。"

在医院门口分手时，玛利亚说。

"不……不用谢的。"我说，"希……希望他……他老人家能……能早日康复。"

"谢谢。我也是这么想的。"

晚上，我和小蛋去麦当劳吃晚餐。

"亲爱的，你是玛利亚姐姐的丈夫吗？"小蛋问。

我一口饭喷了出来。

对面的客人怒视着我。

"当然不是了！"

"哦。那吃完饭去看电影吧。"她提议。

吃完饭我们去电影院看电影。

电影的前半部分是喜剧，小蛋笑得前俯后仰的。后半部分是不折不扣的悲剧，她哭得稀里哗啦的。

电影结束时，她因为哭累了所以睡着了。我只好把她背回了家。

27

一个月以后，玛利亚的祖父去世了。

葬礼的第二天，和她在星巴克喝咖啡时，她把事情告诉了我。

"手术还算成功，但他毕竟年纪大了，还有其他方面的并发症。所以手术完两个星期以后就……"

玛利亚停了下来，大概是心里感到难过。

"祖父让我来谢谢你和小蛋。因为你们给他带去了一件意想不到的礼物。还记得那天的那幅画吗？"

"记……记得。"

"画上的女孩和我死去的祖母几乎一模一样。她在很年轻的时候就病逝了，连照片也没能留下一张。祖父一直感到愧疚，认为是自己没有照顾好她。他之所以疼我这个孙女，可能也因为我长得像祖母的关系吧。住院以来，他的脾气一直不太好，但有了那幅画，他好像完成了什么心愿似的。这两个星期，祖父和我讲了很多他们过去的事，他第一次遇到祖母，居然和画上一样，真的是在一片薰衣草花田里。祖父笑着说，也许这幅画是祖母送来的，他们很快就可以再次见面了，他已经准备好了。"

"你……你别太难……难过了。"

玛利亚摇了摇头。

"已经不难过了。祖父他走得很轻松。所以我也很感激你。"

我低头喝咖啡。

"还有件事。那幅画他留给我了。另外，根据祖父的遗愿，他把眼角膜留给了画这幅画的失明画家。听医生说，移植手术很成功。希望他以后还能画出这样漂亮的作品来吧。"

"那真……真是太……太好了。"

玛利亚双手托腮，望着窗外的街景，半天没有说话。

"祖父很满意你。你是不是已经答应他照顾我了？"

我立刻被咖啡呛着了，大力咳嗽。玛利亚笑着看我。

"那……那是因……因为……那……那……个时候……"

我面红耳赤。

"怎么紧张成这个样子？我也是在开玩笑，别紧张别紧张。"

我不由喘了口气。

"不过想一想，好像让你做我男友也不错啊！"

我再次咳嗽。

"好了好了，这是玩笑！真的只是玩笑！"

那天晚上，我做了个噩梦。梦里有一堆女性非要强迫我当她们的男友，有的还说肚子里已经怀了我的孩子。我紧张得不得了，找了个树洞想躲起来。

这时，有一个柔软的身体抱住了我。

"别紧张，亲爱的。"

是小蛋。

不知道为什么，我马上放松下来，安稳地睡了。

28

在"每日奇迹"打工期间,我碰到过各种各样的客人,也碰到过许多意想不到的事情。

我见过八十岁的老奶奶兴高采烈地来买满天星,也见过八个月的婴儿拿不到"红衣主教"就号啕大哭;有男孩女孩在花店里相识,也有恋爱男女走出店门后分手的;有买给喜欢的人的,也有用来绝交的。

对于安、小蛋和我来说,我们希望来买花的每一位客人都能收获一份祝福。

每一朵花都是不同的。

每一个人也都是不同的。

某天下午,我放学去花店打工,正要走进店门的时候,看见门外有个小女孩(比小蛋还要小)坐在地上哭。

我内心有点忐忑,于是叫小蛋去问了问这个小女孩。

"你为什么在这里哭呢?"

"我想买一朵玫瑰花送给妈妈,可是我的钱不够。"小女孩说。

原来是这样,我挠了挠头。

小蛋举手。

"我来买好了,今天我不吃冰淇淋了。"

小蛋给小女孩买了一朵玫瑰花。

但小女孩没有离开。

"你家在哪里?"我蹲下来问,"是不是迷路了?"

她摇头。

"没有迷路,我想去送花给妈妈。"

正好有客人订了花要我帮忙送过去,在同一个方向。

我于是说:"那我送你过去吧。"

"真的吗?"

"真的。"

我骑店里送货用的自行车,载她在后座上。

"亲爱的,早点回来哦!"小蛋说。

"知道了。"我说。

女孩妈妈住的地方好像很远。我把花送到了订花客人的家里,但女孩说这里离她妈妈住的地方还有一段距离。

算了,还是送到底吧。我想,就当是锻炼身体吧。

我按小女孩说的一直往前骑,不知不觉骑到了郊区,穿过郊区的蜿蜒小路,在两个小时后终于到了目的地。

没有想到的是,目的地居然是在墓园里面。

我们来到一座新坟前,女孩把花放在墓碑旁边。

这朵玫瑰花她是送给刚去世的妈妈的。

骑车把女孩送回家,再赶回店里,都已经是晚上了,我都快累趴下了。

"每日奇迹"居然还亮着灯。

小蛋双手托腮坐在门口。

"怎么坐在这里?"我问。

小蛋一把抱住我。

"亲爱的,亲爱的。你到哪里去了,我好想你。"

我摸着她的脑袋,很想说点什么,但一时什么也说不出来。

当天晚上,我给小蛋买了一小束花。这是我第一次给小蛋买花,也是我第一次送花给女孩。

小蛋当然很高兴,她怀抱着花束,抬头看着我。似乎询问我为什么送花。

至于为什么要买花送给她,我也说不明白。

大概就像安说的那样,如果有什么语言没法表达的话,就用花来代替好了。

在我们可以表达些什么的时候,请一定不要耽搁或者忘记。因为我们可以用来表达的时间通常是非常短暂的。

小蛋对我微微一笑,然后,把脸埋在了花束里。

"啊,谢谢你……亲爱的……"

她轻轻地说。

29

花店的顾客也不仅限为人类。

有一次,一只漂亮的长毛苏格兰牧羊犬顶开店门进到了花店里。我听见了风铃声却没有看见人,过了会儿才发觉有东西在蹭我的腿。

低头一看，苏格兰牧羊犬嘴里叼着钱，正目光炯炯地看着我。

"您，要买花？"

我完全搞不清状况，这么问完全是出于礼节。

牧羊犬甩了甩尾巴，差点打翻一瓶纯白郁金香。

"是的，它想买花。"

小蛋挑了一朵红玫瑰蹲在牧羊犬面前。牧羊犬又甩了甩尾巴，把钱放在她手上，以某种尊贵的姿态叼着玫瑰离开了花店。

我目瞪口呆地看着这一幕。

"它真是要买花吗？"

"是啊，因为人家要去约会，所以才买玫瑰啊。"

说完，小蛋又招呼客人去了。

狗狗约会也学会买花了？我纳闷地想了半天。是全世界所有的狗都会，还是只有刚才那一只会呢？

我不清楚。

反正以后再有狗，甚至猫，哪怕是浣熊和松鼠来买花，我也不会再大惊小怪了。

习以为常就好了。

某天，我单独看店的时候，店里来了个穿着蓬松泡泡裙的女孩，十七八岁的模样。

"您……您好，请问有……有什么可以帮……帮忙的吗？"

"你好，我是外星来的公主，是到地球上找结婚对象的。"

她开门见山地说。

外……外……外星公主？我目瞪口呆。

"对……对不起，我们这……这里只……只是花店，不……

不是什么婚姻介……介绍所。"

"对不起，难道你们这个星球的花店是不提供婚姻介绍服务的？"

"不……不提供。"我连忙解释，"我们地……地球上的花……花店只……只卖花。"

自称是外星公主的少女相当困惑地皱起了鼻子。

"这下怎么办啊？难道我只有一辈子当公主了吗？我的梦想破灭了！"

"您……您的梦……梦想？"

"找一位地球人结婚，生一堆星际混血儿！"她说，"听说混血儿又漂亮又聪明，你说呢？"

"大……大概是吧。"我吃不准。

"可是地球上的花店居然不提供婚介服务！"

"我……我们有专……专门的婚……婚介机构。"

"可是我只想通过花店认识结婚对象！"

当然了，其实花店也是个认识异性的好地方，不过这项业务并不在服务范围之内。无奈之下，我只能答应她帮忙留意一下合适人选。

外星公主的择偶标准很简单：1. 地球人。2. 男性生物。

至于外貌——

"想不出来他是什么样子的。"公主很困扰的样子，"要不，就照你的样子找吧！"

我想她是在和我开玩笑。

不管怎么看，我的样子都没法成为谁的择偶样板。

不管对方是不是人类。

30

我原来以为像安这样优雅的女性，一定已经和某位同样优雅的男性结婚了。然而事实上，安还是单身一人。

虽然她确实有很多追求者。

尽管自己就开了个花店，可每个星期仍旧有花束络绎不绝地送来给她。有一些她退回去了，有一些被她摆在了店里作为装饰。

也时常有男性邀请她去约会。

我见识过其中几个。他们无不是平常人心目中的成功男士，年轻潇洒，事业一帆风顺，就差在脑门上刻上"成功"两个字了。

但安却微笑着拒绝他们。

连花圃种植场的老伯也看不下去了，说：

"小婕啊，再这样等下去的话，可能真的会嫁不出去的。"

"那我就一辈子卖花好了。"

安轻松地说。

小蛋在一边拉她的衣角。

"安婕儿姐姐，你是在等什么人吗？"

安微笑着用手背碰了碰小蛋的脸蛋，就跟触碰花瓣一样。

"我等的，大概是一束花吧。"

说这话的时候，她的眼睛里有一点寂寞。

除了对花的知识了如指掌以外,安还懂得不少其他的学问,比方说,泡得一手好红茶,咖啡煮得比咖啡馆还要地道,对红酒的了解不亚于品酒师。

另外,还做得一手好菜,随随便便就能变出一桌西式大餐。

在"每日奇迹"的一天是这样度过的——

早上一到店里,品尝安煮的蝶豆咖啡,配各式咖啡点心。

中午,安准备了三人份的午餐(昨天是烩饭,今天是意大利面)。

午后,享用各式调味红茶和红茶甜点(冬天是皇家奶茶,夏天是冰薄荷茶)。

晚上结束一天的工作以后,如果大家都没事,安会邀请我和小蛋去她的公寓。她准备的晚餐简直让人神往。上个月我们刚刚品尝过暖菇沙拉、意式脆墨鱼圈、香煎羊排、酥片鲑鱼、红酒烩小牛排、起酥海鲜汤、奶油蘑菇浓汤、香蕉蛋糕、新鲜草莓起酥塔等。

这让小蛋佩服得不得了。

"安姐姐,如果我和你一样懂得煮咖啡,会做各种各样的菜就好了。"

"可以的啊,其实这些学起来都很简单的。"

安一边优雅地搅拌沙拉一边说。

"真的吗?"

"当然是真的啊。嗯,让我想想,对了,我像你这么大的时候连番茄炒蛋都不会做呢。"

"那你现在怎么都学会了呢?"

"因为我遇到了某个人吧……"

安没有说下去,停了一会儿,她微笑着看小蛋。

"小蛋想学这些吗?"

"嗯!想的!可是我怕自己学不会。"

"怎么会呢,小蛋这么聪明。姐姐教你好不好?"

"好的,好的!"

小蛋的眼睛闪闪发光。

安开始教小蛋煮咖啡、泡红茶和西餐料理等。

每天回家以后小蛋仍然很勤奋地做功课。我似乎很难帮上她的忙,毕竟自己还有一堆论文要写。

而小蛋好像也不需要我帮忙。每次问她,她都说自己一个人可以应付。空闲下来的时候,我看着鱼缸里的那条"寿司"发呆,看着它向我吐出一串串的气泡。

安好像很会教小孩,小蛋第一次煮咖啡就大获成功,做出来的卡布其诺香浓四溢,一对意大利老年游客如同猎犬一样从两条街以外寻味而来,他们以为花店还卖正宗的意式咖啡。

红茶也一样。这次正好有个英国老太太在店里选花。

当然这只是第一步,安说小蛋还有很多咖啡和红茶方面的知识要学。光会煮咖啡、泡茶不能算真正的修养。

"您……好……好像挺……挺会教……教人的啊。"

我由衷地感叹。

"这个,好像被看出来了,"安含着水果糖说,"其实我在幼儿园当过老师哦。"

"真的吗,姐姐,"小蛋也含着水果糖说,"那为什么后来不当了呢?"

"因为……和小朋友抢糖吃,所以……"

安既像个姐姐,又像个老师,不止是咖啡,还教了小蛋不少日常生活里的事情。

我个人感觉,安似乎想把小蛋培养成一个小淑女。

在安的指导下,小蛋的厨艺进步得很快。没过多久,她就可以做出很像样的一顿便餐了。

她第一次完成的作品是咖喱海鲜烩饭。

"亲爱的,请尝一下小蛋做的饭吧。"

她双手端着烩饭,怯怯地看着我说。

一瞬间,我不知道该怎么办才好。

我接过热气腾腾的烩饭。

非常、非常、非常好吃。

"喜欢吃小蛋做的饭吗,亲爱的?"

喜欢的。我点头。

她好开心,看着我把饭吃完。

"以后,可以天天做饭给亲爱的吃了。"

就像小蛋说的那样,从这以后,她每天都做饭给我吃。如果我在花店兼职,她就把饭带到花店里。如果我有事晚回家,她就把饭留着。

随着手艺的进步,小蛋会做的料理越来越多,而且也越来越可口。如此一来,我的胃口也跟着水涨船高,长此以往,我不免忧心忡忡,有点担心身体会发福,和那些做了绝育手术的公猫一样身材走样。

不过目前为止,一切都还正常。

而且,我也没有再得肠胃炎。

31

七月最热的时候,母亲大人打来一个电话。

"其实没有什么特别的事,只是问问你的情况。另外,上次在海边建造的宾馆已经开始营业了,而且发来了邀请,免费招待我和你爸爸去那边度假,但我们现在正在别的地方(这个地方的名字太奇怪了,我记都记不住,不过还好是在地球上),这次是设计环保概念的小镇建筑,一时走不开。想来想去,还是让你去吧,有两张机票,你可以和朋友一起去海边玩玩,反正现在是暑假。机票我会叫快递送过去的。到了那边一切都不用操心,已经全部安排好了。可别说不想去哦,在城市里待的时间太长,身体会发霉的。想想吧,阳光、沙滩、清新的空气和湛蓝的海水,是不是很诱人!这样的机会可不多,玩得尽兴点!"

说完就挂断了电话,根本没给我发表意见的机会。

到了花店,我把这事跟安说了。

"是啊,应该去放松一下的。如果不是因为身体低糖不能多晒太阳,我也想去。"不吃糖随时会晕倒的安也说,"现在店里又不怎么忙,你就带小蛋一起去吧。去尽情享受阳光和海水好了。"

"小蛋,去旅行好不好?"我询问小蛋的看法。

"旅行?我喜欢!"她紧接着又问了一个比较关心的问题,"旅行的时候有冰淇淋吃吗?"

得到肯定回答后，小蛋开始热烈期盼旅行的到来，还想去野营商店买一个沙漠帐篷。大概她觉得大海和沙漠是一回事吧，反正都没去过。

连冰箱也难得地持赞同观点。

"我想起了夏威夷，火奴鲁鲁是个好地方，冰箱旁总是围着几个跳草裙舞的姑娘。好时光总是一去不复返。人类能够旅行真是不错。"

"带冰箱先生一起去吗？"小蛋问。

"这个，大概不行吧。机票只有两张，当成行李托运又太大了。"

"不用担心我。我留下来看家好了。祝你们旅行愉快！别忘了带土特产回来哦。"

这么着，我背着旅行背包和小蛋坐到了飞往海滨旅馆的波音客机上。

我是第一次坐飞机，还好没有被人看成是土包子。一上飞机，我就装成阅览杂志的样子，由小蛋负责和空姐们沟通。跟洋房附近的小动物们情况差不多，不到一小时，基本上每位空姐都喜欢上了小蛋。发给我们的饮料和零食都是双份的。大概她们也没见过这么好玩的小女孩吧。

"姐姐，我想换到那里去坐，那里好像空间大一点，好吗？"

于是我们从经济舱换到了商务舱，又从商务舱来到了头等舱，反正机舱里有的是空位。

在轮流和乘务员姐姐合完影，吃过姐姐们给的三份特大冰淇淋后，小蛋趴在舷窗旁看外面的蓝天白云。

"亲爱的,我们现在正在天上飞,就像鸟一样。"

"是啊。"

"真能变成鸟就好了。"

假如非要变成鸟的话,我希望自己是鸵鸟。这辈子第一次乘飞机,我发现了一件不幸的事:我晕机。

因为晕机,到达目的地的旅馆后,我晕晕地趴在床上一整天,仿佛一头长途跋涉后体力透支的骆驼。直到第二天才恢复了精神和小蛋去海边游玩。

在海边的商店里,我们买了泳衣,租借了气垫和游泳圈,当然还有沙滩躺椅。蓝天、椰子树、海鸥。迪士尼动画经典台词,演出开始了!海滨度假正式登场。

就像明信片上画的那样,这里气候怡人,风光秀丽,天空湛蓝。我们尽情享用着沙滩和海水。沙滩绵长洁白,海水清澈透明。旅馆就在海边,大概总共有二十层。我们在第八层,客房的露台正对大海。我们一边吃旅馆提供的特色套餐一边俯视整个海滩,眺望海湾的远方。

白天,我们大多在沙滩上待着,时而下海游一会儿泳,游累了再回到沙滩躺椅上休息,品尝各种水果和果汁饮料,岸上还可以炭烤活海鲜。如果游泳乏味了,换上浮潜装备潜入迪士尼动画一样的海底世界,可以看见各种彩色热带鱼和千奇百怪的珊瑚。冲浪或者骑水上摩托也挺有趣的。

热带的日光懒懒地晒在身上,人也变得懒洋洋的。我们懒懒地睡在沙滩上,懒懒地在海里漂浮,带去的小说也懒得翻上几页。走在海边金色的沙滩上,海风一阵阵地吹拂着身体。时间的脚步在这里慢了下来。

傍晚以后，我们收起躺椅，慢慢地沿着海岸线散步。眼前的风景好像永远没有变化，又好像一直都在变化。每次到太阳沉到海里的时候，慢跑锻炼身体的人就出现在了沙滩上，也有许多情侣坐在礁石上观看落日的景色。晚上，旅馆提供了海鲜自助餐晚宴，居然还有乐队伴奏，一边吃晚餐一边听音乐一边欣赏海边迷人的夜景。

天色完全暗下来以后，海滩上燃起了熊熊的篝火，人们围绕篝火坐在一起，吃烧烤或者跳好玩的舞蹈。小蛋常常被拉去和舞蹈女郎们一起跳舞，由于玩得太开心了，好几次聚会结束时她都累得睡着了，由我背着她回到旅馆房间。

如果不去海滩的话，我们就搭乘巴士来到市区游览，还不忘拍照留念。两个人游览了当地的小商品市场、土著风景区和动物园，买了一堆明显是属于敲诈性质的旅游纪念品，身上也挂满了各种稀奇古怪的饰品，看土著风景区里的现代土著们表演据说是古代的仪式。相比来说，我们最喜欢动物园，因为里面可以骑大象。大象大概很喜欢小蛋，所以不肯放她下来。最后饲养员借了把梯子才解决了问题。

从动物园回到宾馆后，海边下起了大雨，如果冰箱在，也许会提起莎士比亚的著名戏剧《暴风雨》。我们隔着落地窗欣赏大雨如注的情景，一边捧着椰子喝椰子汁。小蛋双手托腮看着外面，不时眨动一下眼睛。从窗户上看下去，岸边仓皇躲雨的人就跟青蛙一样四处逃窜。

以后几天，一直风平浪静，椰树叶片在海风的吹拂下婆娑起舞，有时会有椰子突然"扑通"一声掉到海里。我们继续下海游泳，身上涂满防晒油晒日光浴，相互把对方埋到沙子里。

小蛋甚至都学会了冲浪，我却只能套着救生圈装成浮标。两个人在海滩上拣起贝壳，逗弄寄居蟹，学人家玩漂流瓶游戏。玻璃瓶中塞进一张纸条，上面写着自己的联系方式，扔到海里随波逐流。也许有一天瓶子真的会漂到夏威夷，被当地一个跳草裙舞的女孩拾到吧。

晚上我们又参加了一次篝火晚会。红彤彤的柴堆烧得噼里啪啦的，水果和烧烤香喷喷的，大家轮流做游戏、对歌、跳舞。所有人都放松心情尽情投入，不介意出丑或者被捉弄。因为玩得尽兴，直到将近十二点人们才渐渐散去，只余海滩上熄灭的火堆散发着青烟。小蛋白天潜泳了一整天，现在更是困得眼睛都睁不开了。于是我只好抱着她回宾馆。

"结束了吗？"她迷迷糊糊地问。

"大家都回去了，我们也回去吧。"

"嗯，"小蛋搂紧我的脖子，"亲爱的……"

"什么？"

我没有听清她在说什么。低下头，发觉她正看着我的眼睛。我可以感觉到她的呼吸，闻到她身上防晒油的香味，还有些别的味道。不知道怎么回事，我一下子紧张起来，心脏跳得好厉害，脑袋好像也抽筋了。

慌里慌张走了几步，不小心一个趔趄，两个人一起摔倒在沙滩上。

"哎呦！"

"没……没事吧？"

"我没事。"小蛋一边帮我拍去身上的沙子一边问，"你怎么啦，亲爱的？"

是啊，我怎么了？

107

或许是晚上的烧烤吃太多了?我想。

很有可能。

第二天,我们照样去海边游泳。游了一会儿两个人躺在沙滩上休息,这几天认识的一对冲浪的情侣邀请小蛋一起去玩冲浪。

"可以去吗?"小蛋问我。

"可……可以啊。"

过了一会儿,我才发觉自己说话变得结结巴巴的。这是从什么时候开始的呢?

我望向海边,小蛋身穿淡蓝色的游泳衣,肢体柔软修长,动作舒展自如,充满活力。泳衣下的身体显得漂亮而匀称,沙滩上有不少游客都在注视着她。小蛋像条小小的美人鱼一样在海水里穿梭,在热带阳光的照耀下,她全身上下每个地方都仿佛闪耀着光泽。

我好像从来不认识她一样,恍恍惚惚地看了她很长时间。

眼前这个美丽的少女,真的是小蛋吗?

那个只知道吃冰淇淋的小女孩?

目眩神迷了很长时间以后,我才不得不相信,眼前的少女,确实就是小蛋。

糟……糟……糟糕!

我不由想。

31

　　旅行结束回到"每日奇迹",安笑眯眯地品尝我们带给她的椰子糖。她问我们玩得怎么样。
　　小蛋回答:"好开心!每天都游泳,吃好多东西,姐姐你也来就好了。"
　　的确,我们玩得很尽兴。我都被晒黑了,头上插几支羽毛,保准被人当成印第安土著,弄不好会被卖到马戏团去,让我跟着鼓点表演印第安人打仗前围着火堆跳的那种舞。

　　玩得开心归开心,但事情好像有哪里不太对劲了。
　　自从海边度假回来以后,我跟小蛋说话的时候也开始口吃了,而且情况越来越严重。以前和她说话的时候,可从来没有这样过。现在一旦和她说话结巴起来,我就慌张。越慌张,我说话也就越结巴。
　　恶性循环。
　　"亲爱的,你怎么了?"
　　连小蛋也发觉了这个情况,试图用抚摸我脑袋的方法让我镇静下来,就像抚摸一只不安的小狗脑袋使之不再紧张一样。可她越是这样,我口吃程度越是严重。
　　是不是我的女性恐惧症变严重了,现在对小女孩也有反应了?
　　可是面对别的十岁以下小女孩顾客的时候,我说话似乎还算流利。

冥思苦想了很长时间,我明白过来一个事实。是小蛋长大了。

这个其实只要稍加留意就可以发现。她的个子长高了,从原来小猫一样的大小,到现在基本到我肩这么高。我大概夸张了一点,不过我真的感觉不久前她还跟小猫差不多大。

不但长高了,身体也变得女性化了。

可能天天在一起,我反而没有留意到她的变化。

等我在海边注意到的时候,才发觉,好像是一夜之间,小小的她,在我眼前变成了一个异常美丽的少女。

以前我以为,许多客人来花店买花是为了优雅的安。

现在我才察觉,有许多男孩是因为小蛋才来"每日奇迹"买花的。

他们在她面前会不知所措,会脸红,而且像小动物一样听她的话。

只有她,每天还是那样无忧无虑,开开心心的。

不管我现在和她说话是不是口吃,她对我还是像以前一样。

我怅然若失。
好像丢了一件很重要的东西。
又好像多了一件很重要的东西。
这种感觉真是说不明白。
也许是我比较迟钝的关系吧。

回到花店的第二个周末,安收到了某人寄来的一封邮件。

32

一个安静的傍晚，天空中飘着细细的雨。

因为下雨，店里的客人都已经离开了。小蛋和玛利亚一起去买东西了。

店里只有我和安两个人，还有音乐。

是卡罗尔·金的 *It might as well rain until September*（《还不如一直下雨到九月》）。

其中有一句歌词是：The weather here is as nice as it would be, although it doesn't really matter much to me. For all the fun I'll have while you are so faraway. It might as well rain until September.（这儿的天气依然很好，可这于我毫无意义。你离开这么远，我得不到一点乐趣。因此还不如一直下雨到九月。）

这时，一个年轻的邮递员来到了店里，身上的绿色雨披湿漉漉的。

有人寄东西给安。

是一个白色的纸盒子。

邮递员走后，安打开了盒子，一束枯萎的紫罗兰躺在里面。

还有一封信。

她打开了信。

看过了那封信以后，安默默地把那束枯掉的紫罗兰拿在手里，一直呆呆地看着，和平时的她很不一样。

后来我发现她哭了。眼泪一滴滴地落在紫罗兰干枯的花瓣上。

虽然安哭起来的样子仍然很优雅。

她伤心的时候不再是那个时常微笑的温柔的花店主人，好像是一个小女孩，一个很伤心的小女孩。

但我没办法安慰她什么。不可能在这个时候递一块糖过去，说："吃块糖吧。"

不是每件事都能靠吃糖来解决的。

那束紫罗兰已经枯萎，就连安也不能使它再次绽放。

这个安静的傍晚，店里没有一个客人，空气里散发着好闻的花香，还有淡淡的音乐。而安在哭泣。

这是我第一次感觉到，生命中那些无法避免的悲伤。

33

几天后，安和我们说想临时休息一两个星期，把花店的生意先放一放。

"现在想出去旅游，散散心。"她有点抱歉地说，"突然想起来的，一下子什么都顾不上了。"

"姐姐，你要去哪里旅游？"小蛋问。

"可能是地中海的某个地方吧，希腊或意大利，反正都差不多。"

安习惯性地碰了碰小蛋的脸颊。

"下次带你一起去吧。这次姐姐想一个人去。"

"嗯！玩得开心点。还有，别忘了按时吃糖哦，安婕儿姐姐，"小蛋说，"我们等你回来。"

安去旅行了，花店也暂时关闭了。

本来想趁这一两个星期休息一下的。但算了算，生活费好像又不够了。毕竟对我们来说，去海滨度假还是太奢侈了。

只能去打工。

正好玛利亚暑假实习的巧克力公司要做市场促销活动，问我有没有兴趣，我一口答应下来。

这份市场促销工作真是非常非常适合我。

一连几天，我套上一身咖啡色连体毛皮装，头上还罩着一个又沉又闷的熊脑袋，装扮成一头憨厚可爱的毛绒熊，站在地铁出口的地方，向来往的年轻白领派发促销巧克力。

最妙的是，我不用开口说一句话，只需要把巧克力递给有兴趣的人就可以了。反正熊不会说人话。

不过，完全不说话也是不行的。

好在玛利亚连小蛋一起招募了。

小蛋扮演的是美丽的巧克力精灵，穿着精灵短裙，背上有透明的翅膀，手里还拿着仙女棒。

这样装扮的她，相当瞩目，人气很旺，自然而然地把行人吸引到我们周围来了。

很多拿了巧克力的客人，离开很远了还回头看小蛋。

还有要求合影的。

连我也被要求在旁边当个陪衬。

当然也有不少人（多数是年轻女孩，尤其以十五岁以下居多）一看见我就两眼放光，一边说好有趣，一边毫不客气地抱我的熊身，摸我的熊脑袋，让我和她们合影留念，完全不顾在"熊"体内汗流浃背的我的感受。

穿这一身行头实在是又热又闷，每天都像蒸桑拿一样汗水淋漓。

我大概是世界上最可怜的熊，我想。

这天中午，我和小蛋照常在地铁口发巧克力。发到一半的时候，来了三个小女孩，还带着一条斑点狗。女孩想尝尝新款巧克力的味道，斑点狗则对我屁股上的熊尾巴很感兴趣，跃跃欲试地想把它咬下来。我只好背靠墙壁，一边护着自己的尾巴一边把巧克力发到女孩手里。

正当这时候，我听见旁边有人在和小蛋说话：

"这位美少女姐姐好可爱啊，有兴趣当广告模特吗？"

"模特是什么？"小蛋的声音，"可以吃吗？"

"嗯，这个，模特不是用来吃的……"

声音好像在哪里听到过。我朝小蛋的方向转头，看见一个高高帅帅的男生，好像在哪里见过。

我忽然想起来了。

"喂，拓跋！"

对方疑惑地向我这边看来，怎么看都只能看到一头捂着屁股的熊。

"是我啊。"

我摘掉了熊脑袋。

"原来是你啊。"

他恍然大悟。

趁这个机会,斑点狗顺利地咬下了我的尾巴。

这个叫拓跋的高高帅帅的家伙,是我的朋友。中学时我们在同一个学校,因为两个人都喜欢古典乐,常常交流音乐方面的话题,一来二去就成了朋友。家里的那张曼陀凡尼交响乐团的唱片就是他送的。我个人觉得他的名字就和他本人一样不俗,可他自己未必这样觉得,大概是常常被人误听成是"拖把"的原因吧。

此外,大概是物以类聚的关系,我们两个人身上各自都有点小问题。我是女性恐惧症,他则正好相反,因为外表出众,所以很受女孩欢迎,从中学时就常常收到情书和约会的邀请。不过,在对待女孩的问题上,他也有自己特殊的地方,或者说是怪癖。他把所有的女性都叫成姐姐,不管对方年龄大小,是在上幼儿园的小朋友还是大学老师,一律平等,都是姐姐。

"所有的女性都是姐姐。"这是他的原则。

为此,中学的时候,他时常被温柔的老师姐姐们特别关照,对教师办公室的罚站区非常熟悉。但是不管怎么样,不论到什么时候,女性即姐姐这个原则始终没有松动过,让人不得不佩服他的毅力。

由于各自上了不同的大学,所在的学校又在城市的两端。上了大学以后,我们一直没机会见面,只通过几次电话。从刚才他叫小蛋姐姐的情况来看,他大概仍然坚守着女性即姐姐这一真理。

巧克力发完,三个人找了个地方坐了下来。我把拓跋介绍给小蛋。

"知道了,是拖把先生!"小蛋说。

"……"(拓跋)。

"……"(我)。

"……对了,怎么穿得像头熊一样?"拓跋对我说,"我差点都没认出你,不过这造型倒是挺不错的。"

"在做兼职啊。刚才听你说模特的事,你在做模特吗?"

"也是兼职。"

拓跋解释了一下。原来他暑假里找了一份广告公司的兼职工作,有时也在年轻女性出没最多的地方客串星探。他外形良好,而且把每位女性都称为姐姐。我想这份工作大概很适合他。

"那么,这位美少女姐姐是……"

"你好,拖把先生,我叫小蛋。"小蛋说,"你认识亲爱的?"

"亲爱的?"

"她叫小蛋,"我连忙岔开话题,"现在我在照顾她。"

"就是说,你是她的监护人?"

我犹豫了一下,点了点头。

拓跋看了看小蛋,又看看我,耸了下肩,没再说什么。

我们各自聊了自己在大学里的近况。他听说我从女生公寓搬了出来,显然很为我遗憾。

"那你最近怎么样?"我问。

"最近在听巴赫的音乐,一边研究圣经里的部分篇章,"他对此解释说,"我忽然对基督教非常感兴趣,觉得耶稣很有人格魅力。如果回到中世纪,说不定我会选择当一名牧师。"

不知道耶稣传教时会不会把女性称为姐姐呢?我稍微想象

了一下拓跋当牧师的样子，感觉相当奇特。

小蛋也询问了一些广告方面的事情，但对模特却一点也不感兴趣（可能是没有冰淇淋吃的关系吧，我猜）。又聊了一阵，我们各自要回公司交差，于是约好下次见面。

"对了，你的那个……女性恐惧症……"临走时，拓跋避开小蛋，压低声音问，"还是老样子？"

我无奈地点点头。

患有女性恐惧症的事，我只告诉过他一个人。一方面我朋友很少，另一方面既然成了朋友就要坦诚。虽然性格上有点和正常人不一样，但他实际上是个很好的朋友。

34

巧克力促销活动结束后，我们和拓跋又见了几次。三个人还一起去水上乐园游了两次泳。似乎地球上所有青春可爱的女孩都集中在了水上乐园里，我不得已只能由小蛋陪着在角落的水池里练习浮泳。

在水上乐园所有的女孩里，小蛋是最引人注目的。这不是我偏心，只要看看身边那些男生悻悻的目光就可以感觉到了。不时有人前来邀请小蛋，扮演她的监护人角色的我只能一个一个地拒绝。

"怎么真的跟爸爸一样？"

拓跋感慨说。

小蛋搂着我的胳膊冲他做鬼脸,手上拿着蛋筒冰淇淋。

"因为他是我亲爱的啊。"

真是这样的吗?不知道为什么,我内心感觉有点怪异。

拓跋也相当受女生欢迎。他身材修长,泳技出色,人又彬彬有礼,对所有女性一视同仁,都叫姐姐。很多女生成双成对地来请他教她们游泳。结果两次去水上乐园玩,他等于去当了两天的游泳教练。

让我感到意外的是,拓跋现在竟然还是独来独往的。在我印象里,中学时他就已经很受女孩们的青睐了。连老师都故意以罚站为借口让他去办公室充当花瓶。

尽管我自己有女性恐惧症,但我实在很同情他。

游完了泳,我们一起回到洋房。他品尝了几顿小蛋做的饭菜,对小蛋的手艺赞不绝口,认为小蛋是现代社会里少见的美少女姐姐。

我也深有同感。现在像小蛋这样喜欢料理的女孩确实已经很少见到,而且她的厨艺还相当不错。自从小蛋从安那里学会做饭以后,我就再也没有去过学校食堂。

跟我们在一起时间长了,拓跋对我和小蛋的关系有了点疑问。我没有告诉他小蛋是从一个水晶蛋里孵化出来的。也不只是他,实际上我谁也没告诉过,就算说了又有谁会相信呢?

"我说,你真的是小蛋的监护人?"他问。

"是啊。"我说。

这总比什么"小蛋饲养员"说得过去。

他沉思了一会儿,仰头看天,好像在思考什么很重要的事情。

"这么说的话，只有得到你的允许……"

我忽然警惕起来。

"你在想什么？不会真的想拉她去做模特吧！"

"不是，不是。我只是想……"

他犹豫了半天，然后很诚恳地看着我。

"想和小蛋……约会……"

"什么？"

我惊讶地问。

"我想和小蛋约会。"他说。

35

当拓跋提出想和小蛋约会的时候，我呆若木鸡，吃惊得简直像进入了石化状态。觉得世界上最可笑的事莫过于此。

但吃惊过后，又觉得这是件很自然的事情。虽然自己还是把小蛋看成是小孩子，但在别人眼里……

我顿时理解了天下所有有女儿的父亲的心理，尽管我并不是小蛋的父亲。

这种滋味的确不好受，就好像自己精心雕琢的艺术品被人家拿走了一样。

小蛋确实是个世上罕见的美丽少女（很可能是世界上唯一一个卵生的女孩），相信只要是正常的男生都会喜欢上她。可是，问题是，现在想和小蛋约会的是拓跋，我了解自己的朋友，他虽然性格有点古怪，其实心地很好，对女孩尤其温柔，可是，从我的角度来看，他……未免太帅了一点……

万一……

我好像看到这样一幅画面——

小蛋对我说："亲爱的，我喜欢上拖把先生了，我们打算明天结婚。"

"不行！"我反对说，"你们都还太小……"

小蛋怨恨地看着我："你凭什么阻止我？你以为你是我什么人？我好讨厌你！"

我都能听到自己心碎的声音，好难过……

"喂，喂，你在发什么呆啊，没问题吧？"

拓跋伸手在我眼前晃了晃。我从幻想中清醒过来，摇了摇头。我在乱想些什么呢？

"怎么样，你同意吗？"他问。

"没什么不同意的。"我干巴巴地回答，"只要小蛋自己答应。"

不知道为什么，我有点希望小蛋拒绝拓跋，但小蛋反过来问我。

"亲爱的，我可以去吗？"

"可……可以啊。"我干巴巴地微笑说。

拓跋和小蛋的约会定在了第二天。约会前，小蛋很开心地从地图上搜索冰淇淋路线图，大概她觉得约会和吃冰淇淋是一回事吧。

"去约会啦。"

听她这么说，我异常失落，莫非做爸爸都会有这种感觉？

以后绝对不生女儿，我暗下决定。

第二天上午，拓跋开着一辆轻便摩托车来接小蛋，居然还带了一束花。小蛋很开心地坐在摩托车后座上，走之前还向我挥手。

"再见，亲爱的。"

"玩得开……开心点。"我结结巴巴地说。

小蛋离开以后，我不知道该做什么好，书看不进去，作业写不出来，音乐恍若未闻，电视里也不知道在放些什么节目。我好像突然之间变得又聋又哑，觉得度日如年。

该做什么呢？

什么都不想做。

不知不觉时间就到了中午，肚子一点也不饿，但吃点东西可以消磨时间。冰箱门上有小蛋贴的便条："亲爱的，中午的饭我已经做好了，你用微波炉热一下就可以吃了。小蛋。"

吃完了小蛋做的午饭后，不知道为什么，我感到肚子里一下子空空荡荡的。发了半天呆以后，我从冰箱里拿出一大盒冰淇淋吃起来，但实际上吃的是不是冰淇淋自己也没有把握。

小蛋的约会现在怎么样了呢？她在做些什么呢？

一般来说，两个人会怎么样约会呢？

我没有和女孩约会过，所以想了半天也只是白想。关于约会这件事，读过的很多书里面都有涉及。可我现在怎么想也想不起来。

"你没什么问题吧？"冰箱问。

"没有啊。"我说。

"可是你把所有的冰淇淋都吃完了……"

我这才发觉一大盒冰淇淋已经被我吃了个干干净净，自己也吓了一跳。我手里端着空盒子，茫然地坐在沙发上。

"嗯，那个……你有没有……和谁约会过。"

"很遗憾，我只是一台冰箱，对约会不感兴趣。"

我不由叹了口气，它说得有道理。

好不容易到了傍晚，我呆坐在花园的台阶上喂小动物食物。小猫小狗们围着我转了半天，大概想知道小蛋藏在哪里。我于是告诉它们说，你们的小蛋姐姐和人约会去了。

忽然听到摩托车的声音。

"亲爱的，我回来了！"

小蛋一下子扑到了我的怀里，像只小猫一样用脑袋蹭我。

"约……约会开……开心吗？"

"开心！"她说，"晚上想吃什么？我现在就去做。通心粉怎么样，还是罗宋汤加虾仁烩饭？"

小蛋去做饭了。拓跋停好摩托车走了过来。他看了看我，脸上和往常一样带着微笑。我很想问问他今天和小蛋约会的情况，但就是开不了口。

"今天玩得很开心。"他停了一会儿，说，"谢谢你。"

和我们一起吃过晚饭后，拓跋要回去了。小蛋一手拿着蛋糕制作手册一边看卡通片。我出门送拓跋。

"以后，可能还会请小蛋出来玩的。"他推着摩托车说，"但那不是约会。"

"不是约会？"

"当然，我很喜欢小蛋。不过既然……算了，不说这个了。"

他拍了下我的肩膀,"知道吗,我很羡慕你。"

我有什么好羡慕的?我不太明白他的意思。如果说羡慕,那也只能是我羡慕他。我羡慕他能很从容地和女孩打交道,羡慕他对女孩们的吸引力。他羡慕我什么呢?难道说羡慕我的女性恐惧症吗?

他微微一笑。

"回去吧,你这头笨笨熊。"

36

月底时,安结束休假回到了花店。"每日奇迹"得以重新开张。她的情绪比起休假前好像好转了很多,不过在某些下雨的时候,她会怔怔地看着窗外,也可能是在欣赏雨景吧。

安的身边一如既往有很多出色的男性追求者。花店里甚至接到过找她的国际长途,对方说的不是英语,大概不是法语意大利语就是西班牙语或者希腊语,反正我一点也听不懂。小蛋倒是很习以为常地对着话筒那边的外国男士说:"你好,这里是每日奇迹。请问你要买花吗?"

和拖把先生出去约会过以后,小蛋和以前相比似乎没有什么变化。她照样每天无忧无虑地去花店卖花,去冰淇淋店吃冰淇淋,哼着歌做饭煮咖啡,有时也会和玛利亚一起去逛街买衣服和女孩子用的小道具,有一次我还瞥见玛利亚在教小蛋挑选少女用的化妆品。真是意想不到,我很惊讶。

有时她还会半夜蹭到我的身旁睡下，不定时的，大多数是满月的时候，也有打雷下雨的时候。我醒来以后，还经常听见她在睡觉时的呢喃。

"亲爱的……熊……冰淇淋……做饭……"

当她蜷在我床上的时候，我听见这样的梦话的同时，还可以感觉到她轻轻的呼吸。不知道为什么，我心里很慌乱。

两个人单独在一起的时候，我也感到紧张。

我不明白自己是怎么回事。

可能是女性恐惧症的关系吧，我想。

那次约会以后，拓跋又约小蛋出去玩了两次，不过按他的说法这不能算是和女孩的约会，只能算是照顾小朋友。

"可是这不算约会算什么呢？"我疑问。

"你不是也经常和小蛋出去吃冰淇淋看电影吗，连兼职都在一起。请问这算不算约会？而且你们还住在一起，请问这算不算同居呢？"

"这怎么一样呢……这个，我算是小蛋的监护人……"

"是啊，偶尔也让我监护一下好了。"

因为快要开学了，广告公司的那份工作他已经不做了，所以每天都有很多空闲时间，也难怪他要和我抢小蛋的监护权。

这天下午，小蛋被拖把先生拉去水族馆看海豚，我只好一个人留下来看店。花店少了小蛋好像冷清了许多，连顾客也没有几个。我无精打采地坐在那里看我的希腊悲剧。

"你好！"

抬头一看，是那个自称是外星公主的女孩。她换穿了一条白色吊带裙，看上去和地球上的普通女孩没什么两样。我暗自叹了口气。

"你，你好。"

"怎么看上去很没精神的样子？"

"没……没有。"我摇摇头，"你想……想买……买花吗？"

"当然还有更重要的事了！"

"什……什么事？"

"上次你不是答应帮我找结婚对象的吗？找到合适的了吗？"

"……"

我早就已经忘了这件事。

"不会是忘了吧？"

"……这……这……个……"

外星公主噘了一下嘴，不过并没有持续太长时间。我连忙转移话题，问她想买什么样的花，然后仔细挑选花朵包装成束。

因为花束很大拿起来不是很方便，外星公主让我帮她把花拿回去。

"地……地址在……在哪里？"

我很担心她要我帮忙把花送到她外星球的家去，所以才问。

"跟着我走就好了。"她回答。

和安打过招呼以后，我拿着一大束花跟着女孩走出了花店。我心里多少有点七上八下的，不过看样子外星公主没打算离开地球，大概她在地球上的住处就在不远的地方。

女孩很轻快地在我前面走着，有时回过头来看看我是不是跟丢了。这样过了一会儿，她可能觉得有点麻烦，所以和我并肩行走,手里还拿着一根不知道从哪里揪来的狗尾巴草,在我面前晃来晃去的。我觉得自己很像被她牵出来溜达的拉布拉多犬。

"别着急,不远的。"她给我打气说,"不用坐宇宙飞船的。"

"哦,你……你真……真的是外……外星公主?"

"怎么,不像吗?"

"不……不是……"我挠了挠头,"那……那么,在地……地球习……惯吗?"

"嗯,还可以吧。重力和空气都差不多,饮食也习惯了,不过……"

她入神地想了一会儿,很轻地叹了口气。

"就是太孤单了。感觉整个地球上孤零零的只有我一个人。"

我有点理解她的想法。即便我是土生土长的地球人,有时候也难免觉得孤单。不过自从收养了小蛋以后,就很少有这种感觉了。想到小蛋,我不知不觉就走神了。不知道她现在怎么样了?

"喂,你听到没有啊?"女孩说。

"你……你说……说什么?"

"我说所以才委托你帮忙找结婚对象的。"她抱怨说,"要知道,在原来我们的星球上,像我这样大的早就和人恋爱了,何况我是公主。"

我很好奇,很想知道她那个星球的具体情况,比如是在哪个星系,离地球远不远,那个星球上的风土人情和生活习惯等。但转念一想,这些都是外星公主自己的事,所以就忍住了没有问。

走了一会儿,终于来到了外星公主在地球的家。她的家在一幢高级公寓里。公寓很高,附近倒没有看见宇宙飞船之类的东西。

本来以为既然已经把花送到了,自己的工作也就结束了。可是按门铃没人在家,女孩找了半天钥匙,最后说大概忘带了。

"不……不要紧吗?"

"不要紧的,家里人过会儿就回来了。只不过一个人等着很无聊,这样吧,你陪我一会儿好了。"

"这……这个……"

我举棋不定。

"怎么,你不愿意?"她问。

对于拒绝她的提议是否会引起星球间的外交纠纷,我实在没有把握。外星公主看看我,在等我的回答。我想起了小蛋刚从蛋里出生的时候,那个时候的小蛋像个无助的小鸟一样,只会说"Ice cream"。女孩现在的眼神很像那个时候的小蛋。

我心里一软,点头答应了她。

女孩见我答应留下,顿时高兴起来,说要请我吃冰淇淋,于是带我离开公寓,来到附近的冰淇淋店。

真是有趣,又是冰淇淋。我暗暗叹了口气。

两个人坐在临街的露天座位上,品尝玻璃杯里的冰淇淋来消磨时间。虽然我说话又慢、又结结巴巴,还辞不达意,但她好像并不在意,依然和我聊天。我倒是有点惶恐,担心她因为我而对地球男性产生不好的印象,认为口吃是地球男性的生理特征之一。

"我常常来这里吃点心,不过都是一个人。"她一手托着脑袋一手用小勺子敲打玻璃杯,"地球实在是太大了,不像我们的星球,那是个小小的温馨的地方,我是那里的公主。"

"你为……为什么要……要来地球呢?"我问,"旅……旅行吗?"

"我是跟着我的父母来到地球的,就是我们星球的国王和王后。至于他们为什么来地球,好像是因为星球间的友好访问。我不太懂外交,你也不懂的吧?"

我是不懂,所以点头。

"其实懂太多不是什么好事情,还是做无忧无虑的小孩子比较快乐。"

我想告诉她,我家里有台冰箱认为做一台冰箱比做人快乐。他们两个说的也许是同一个意思。

"不过恋爱和结婚什么的,都只有长大了才可以做。可能长大了人就会很无聊,恋爱和结婚其实就是大人的游戏,和小孩子玩过家家是一回事。"

"……"

"在地球人里,你算是大人了吧?"

"这……这个……"我结结巴巴地说,"我还……还没……没到……法……法定结……结婚年龄。"

"哦。"她显然有些失望。

吃冰淇淋的时候我又牵挂起了小蛋,总觉得有点心神不宁。女孩坐在我的旁边,我很想和她说点什么,但又不知道具体该说什么。还好她是外星来的公主,所以有些话和她说说应该没有关系。

"约……约会这回事,请……请问你……你清楚吗?"

我十分艰难地问。

"什么清不清楚的？"外星公主反问。

"就是你……你有没有和人约……约会过？"

"你的意思是普通的约会还是不是普通的约会？"

"普……普通的和不……不普通的？"

"普通的就是两个人因为任何事聚在一起的约会，就像我作为公主和其他星球来的使节一起赴宴参加舞会一样，或者和一条小狗去散步，和你在这里吃冰淇淋，这都可以说是普通的约会。"

"那，不……不普通的呢？"

"当然是以恋爱或者结婚为目的的约会啦。"

她双手合十，眼睛闪闪发光，显得很神往的样子。

"那……那你有没有约……约会过？比……比如，像……像这样一起吃冰……冰淇淋……"

外星公主半天没有回话，我偷偷瞄了她一眼，看见她手里抱着那束花，低着头，好像很孤单的样子。

一时间，两个人都不再说话，我也不敢擅自开口问她怎么了，只好看着眼前的冰淇淋，观察冰淇淋逐渐融化的过程。就这样过了好一会儿。

"我是一个星球的公主，以前的家不在这个地方，我和我的爸爸妈妈从很远很远的星球来到这个星球，我的爸爸是那个星球的国王，妈妈是那个星球的王后。小的时候，爸爸妈妈常常带着我去冰淇淋店吃冰淇淋，三个人有说有笑的。那好像是很久以前的事了，我已经记不太清楚了。反正那是一段很开心的日子。"

女孩拿起勺子。

"因为星际友好访问，爸爸妈妈带着我来到了地球上。我在地球慢慢长大了,但小时候那些开心的日子也慢慢没有了。爸爸妈妈整天争论,为许多琐碎的事情,钱啊、财务计划啊、人际关系、星球间的地位差异啊,还有贵族之间的消费攀比啊。年轻时候的国王和王后曾经非常相爱,现在却只知道吵来吵去。"

女孩一下一下地敲着杯子。

"来地球以后,爸爸的身边出现了许多年轻漂亮的地球女性,因为他是又成熟又成功的外星球的国王啊,所以深受她们的欢迎。妈妈大概觉得受到了冷落,又伤心又生气,和他大吵一架后离开了家。为了赌气,可能也是寂寞吧,离开家以后她也和许多男性出去约会过。她很漂亮,一向有许多追求者。这下轮到爸爸难过和发火了,两个人大吵了一次。这次以后,他们之间连话也懒得说了。爸爸也不太回这个家了,他到处旅游,长年借住在阿拉伯国王的行宫里。如果不是因为王国的面子问题,两个人早就离婚了。但现在这个样子,又和离婚有什么两样呢?"

她继续说。

"从那以后,我总是几个星期陪着爸爸,几个星期陪着妈妈。可他们没有想过,当我一个人的时候,又有谁可以陪我呢?我是外星的公主,可我只想做一个普普通通的女孩,有一个普普通通的家。只想像小时候一样和自己的爸爸妈妈开开心心地吃冰淇淋。现在,我常常一个人去甜品店吃甜品,因为我没有什么朋友,我是公主,按规矩是不能随便和人做朋友的,大家都躲得远远的。我只是一个住在孤零零的宫殿里的孤零零的公主。"

本来我是想请教她关于约会的问题,结果一不留神却听到了以上这些话。我有些坐立不安，不知道是该说点什么表达点意见，还是一声不吭地当录音机。我有点同情眼前的这位外星公主。不管谁有这么一对喜欢争风吃醋的父母，都值得同情。

如果她是小蛋的话，我想我大概会摸摸她的脑袋以示安慰，就跟抚摸小狗小猫的脑袋一样。但她不是，所以我只好一动不动地坐在她旁边。

"我从来没有约会过。从来没有和男孩一起看过电影，一起吃过汉堡包和薯条，一起逛街买衣服。从来都是孤零零一个人。我感到很孤单，所以一直很想找个喜欢的男孩恋爱和约会。恋爱的话，我应该就不会那么孤单了吧，应该是这样的。如果恋爱了还觉得孤单的话，还有谁愿意去恋爱呢？你说是不是？"

"嗯……"

我没有恋爱过，所以不知道答案，不过想来应该是这样的。

女孩很悠长地叹息了一声。

"下个星期是我爸爸妈妈的结婚纪念日。以前，我们还在自己星球上的时候，那是整个王国的节日。到了这一天，爸爸总会给妈妈买上一大束花，但是现在……"她抱着那束花沉默了一会儿，"他们还记得这一天吗？"

之后她没再说什么，我们默默地品尝冰淇淋。吃冰淇淋的时候，我想着国王和王后曾经的节日，有点替她难过。

过了一会儿，冰淇淋差不多吃完的时候，外星公主才再次开口。

"跟你说了这么多，希望你能明白，我有多么想找到自己的意中人，我只想快点找到喜欢的人恋爱，很久以前我就把这件事委托给你了，你一定要用心帮我找哦。"

"知……知道了。"

"刚才你问我约会的事情,那你有没有约会过?"

"没……没有……"

"那就是说,你也没和人恋爱过?"

我只好点头。

"怎么会这样呢?你已经这么大了。"她摇头,一副无法置信的样子,"在我们星球上……"

女孩歪着头看了我半天,唇边慢慢浮出一点微笑来。我被她看得有些心虚,不知道她为什么笑我。

"我刚才突然想到一个有趣的主意,想听听吗?"

"是什……什么?"

"嗯,既然,而且,事实上,那个那个,你和我都没有约会过,那……不如……我们两个人,约会吧?"

我吓了一跳,目瞪口呆地看着外星公主,舀冰淇淋的勺子都掉在了地上。

"你说……说……什……什么?"

"我、们、两、个、约、会。"她一个字一个字地说。

"我们两……两个?"

"嗯,就是这样。"

"可可可……可是……"我结巴得更厉害了。

"可是什么啊可是?我们不是都没有约会过吗?我们两个人不都是单身吗?哦,莫非你在撒谎?其实你已经有女朋友了?或者你已经结婚了?难道孩子也有了?不会吧?"

我晕头转向。

"没没……没有……"

"这不就可以了吗?你看,我现在手里拿着你送给我的花束。"

"可……可那……那是你……你自己买……买买的啊……"

"你就不能配合一下,想象是你买给我的吗?反正,就当是你送给我的花束好了。"女孩心满意足地点了点头,闭上眼睛说,"你买来一束花,跑到我家里,求我这个外星公主和你这个普通的地球人约会。其实本来我没有想答应你的,但我是个善良温柔的公主,不忍心拒绝你,加上对你有那么一点点好感,再加上有那么一点点孤单,所以最后还是答应和你约会了。于是,我接受了你送的花束,你请我来到这个冰淇淋店吃冰淇淋。就这样,外星公主和贫穷的花店青年开始恋爱了……"

"……"

公主和贫穷的花店青年……

"这这……这怎……怎么可……可可以"我都不知道该怎么说了,"不……不行的。"

"嗯?你还想反对?知道和我作对的下场吗?"

我顿时气馁。很有可能在她那个星球上,反对公主的人都会被丢到水里喂鳄鱼,当然也可能不是,但万一她生起气来,引发星球间的外交冲突,那也很麻烦。

我半天没有说话,外星公主看了我一会儿,转过了头。

"难道你真的一点也不想和我约会吗?我只是太孤单了,想找到自己喜欢的人恋爱。我一直都很孤单。今天我实在不想一个人了,想有个人陪陪我。又找不到别人,只有你肯留在这里陪我吃冰淇淋,和我聊天。我觉得这就和恋爱时的约会一样,我很喜欢这种感觉。你能不能陪陪我呢,假装是和我约会呢,就一天也好啊,可以吗?你……是不是不喜欢我,是不是讨厌我呢?"

她好像相当难过,声音都低了下去。我连忙摇头否认,我其实并不是讨厌她,可是,可是……

见我摇头,她的脸上立刻重现笑容。

"这么说,你是答应了?我就知道你会答应的。那么,接下来,就让我们正式开始约会吧,就跟真正恋爱里的人一样。"

还没等我反应过来。她已经靠了过来,把头靠在我的肩膀上。

"你……你这……这是干……干什么?"

"可别乱动啊,"她说,"恋爱的人约会的时候,女孩就是这么靠着男孩的。"

她靠着我,我一动也不敢动,汗出如浆。

难道这就是约会吗?好奇怪的感觉。小蛋也时常这样把头靠在我肩膀上,可是我从来没有觉得紧张过。

小蛋……

我好像感觉到了什么。

抬起头,看见冰淇淋店对面的街道上站着一名少女。

是小蛋。

她远远注视了我和外星公主一会儿,转身离开了。

小蛋!

我慌慌张张地站了起来,桌子上的杯子都被打翻了。

"你怎么了?"外星公主问。

"对……对不起。"

我说。

好不容易赶到街道对面,但是小蛋已经不知去向。

37

小蛋生气了。

那天,她没有回花店,晚上很晚才回家,我因为担心她,一直坐立不安,好不容易等她回了家,她却根本不理我。

我想解释又不知道该怎么解释,何况我也不知道需要解释什么。我只是陪外星公主吃冰淇淋而已,小蛋不是也和拖把先生出去约会过吗?

那为什么……

总之不知道该怎么办。

从那天晚上开始,一连几天,她都没有给我做饭。不光是我,连花园里的小动物们也跟着没饭吃。小猫们把怨气都撒在了我身上,两条牛仔裤都被它们抓破了。真是太糟糕了。我在心里暗暗叫苦。

几天来她连话也不想和我说。我试着和她搭话。

"怎怎……怎么了小蛋?"

"小蛋生气了!"

她就这么一句话。

我讪讪地假装看书,想到一个圆滚滚的蛋生气的模样,觉得有趣,又不敢笑。而且心情沉重,也笑不出来。

去花店打工的时候,两个人的异常被安看出来了。她问我是不是和小蛋闹别扭了。我只好承认。

"哎呀,那你的麻烦可大了。"她一边笑眯眯地恐吓我,一边请我吃糖,"不管你是对是错,还是及早赔不是为好。这是我给你的小小的忠告。"

这几天,拓跋和玛利亚都没有来过,外星公主好像也暂时回了自己的星球。我没有认识的人可以求救,回到家里,冰箱也不能给我任何帮助。解决事情毕竟只能靠自己,但我对此没有信心。

几天后的一个晚上,花店结束营业之后,我和小蛋走在回家的路上。她走在我前面,好像故意和我保持一定距离。我低头看一会儿她的裙摆,又看一会儿自己脚上的运动鞋。走了一会儿,经过哈根达斯的门口。

"小……小蛋,吃冰……冰……冰淇淋吗?"
我鼓起勇气结结巴巴地问。
"不想吃。"
她头也没回。
于是我收声。
两个人走过了哈根达斯店,又走了好一会儿,我忽然觉得身体有点不对劲,越走越吃力,渐渐跟不上小蛋了。又走了十几米,我彻底走不动了,只能停下来,靠在路边休息。

见我没有跟上,小蛋转过身走到我身边,在路灯下看了看我的面孔,扶住了我。我身上直冒虚汗,连腰也直不起来。大概是饿的。这几天我食不知味,只顾着发愁,饭也想不起来吃。现在身上直冒虚汗,肚子也疼了起来。

"……"
"你怎么了,不舒服吗?"她问。
"我……我饿……饿了。"

于是，回到家里，小蛋立刻做了罗宋汤和牛排饭，吃完饭我才得以恢复正常。

"好点了吗？"她问。

"好……好多了，谢……谢谢。"

接下来好像又没什么话可说了。捱了一阵后，我好不容易才又鼓起勇气开口。

"请……请原谅……那……那次真的不是故……故意的。"

"什么事啊？"她低头玩着自己的手指，"小蛋不明白啊。"

没有办法，我只好把外星公主的事情从头到尾老老实实说了一遍。从她第一次来花店要我帮忙找合适的结婚对象，到后来陪她在冷饮店等家人回来。大概上帝也在可怜我，虽然说得结结巴巴的，整件事我到底还是说完了。就是不知道小蛋能不能听明白。什么外星来的公主，星际友好访问，分居的国王和王后之类的，我自己都是糊里糊涂的。

"事……事情就……就是这……这样的。"

"嗯。"

"其……其实我们不……不是在那……那个什么……"

小蛋不置可否地双手托腮，手肘支在餐桌上，直直地注视着我的眼睛。我被看得既慌张又狼狈，也不明白自己为什么这么紧张。

"那个外星公主，好像真的很可怜的样子。"她说。

"是……是啊，所……所以我……我才……"

"如果小蛋的爸爸妈妈这个样子的话，也一定很难受的。虽然我没有爸爸妈妈，只有一个亲爱的，也一样可以感觉到她的心情。"小蛋转头看着窗户外面，"那一定是很孤单很孤单的，就和晚上一个人走在黑漆漆的街道上一样。她虽然贵为公主，可她每天过得肯定都不开心。小蛋不是什么公主，可每天都很开心。"

"是……是吗？"

"我们帮帮她吧。"

"怎……怎么帮……帮啊，是帮她……她找约会……会对……对象吗？"

"不是的。"小蛋想了想，说，"听安姐姐说过，如果夫妻或者恋爱的两个人有麻烦的话，几种特定的花也许可以使两人和好。"

"真……真的？"

"是真的。我看过她给人使用过这个配方，效果好像不错。"她说，"选花的事情就交给我吧，一定有办法的。"

第二天，小蛋准备好了花束。

当外星公主再次来到花店的时候，我把这束花给了她。说是花店赠送顾客的，算是庆祝国王和王后的结婚纪念日吧。于是公主大人就收下了。

好在这次她倒没有提出要我送花到家，也没提婚介什么的。我因此长吁了口气。这次的小蛋生气事件总算告一段落了。

周末休息去逛街，小蛋买了很多五颜六色的贴纸，回来贴在了她的玩具和个人物品上，可能是觉得好看用来做装饰吧。贴到后来，她干脆把贴纸贴在了我的身上。我问她这是干什么。

小蛋说："这是标记。"

"标标……记？"我问。

"对，标记。"

小蛋肯定地回答。然后，她顺手把一张小熊贴纸贴在了我的额头上。

38

新学期开学以后，我才知道玛利亚和拓跋恋爱的事情，难怪前一段时间见不到他们。惊吓之余，我不免若有所思。这到底是怎么回事呢？

情况大概是这样的，那次小蛋和拓跋去"约会"的时候（就是外星公主事件那次），正好碰到了刚从教堂祈祷回来的玛利亚（至于祈祷内容，我不太清楚）。小蛋叫她一起去看电影。玛利亚正好没什么事情，所以去了。

看完电影，三个人聊天的时候，拓跋和玛利亚发现了对方和自己一样爱好圣经和上帝，言语中又有默契。玛利亚身穿婉约的白色长裙，宛如清新圣洁的修女。拓跋身穿黑色T恤，手持圣经，翩翩如英俊睿智的牧师。

两个人顿时互生好感。

当然，当着小蛋的面，他们不可能表现得那么明显。只不过，当得知玛利亚第二天要去教堂时，拓跋先生表现出很想参观教堂的愿望。既然是这样，那么约定第二天在教堂见面就是很顺理成章的事情了。

由于两个人讨论上帝很投入，所以小蛋只好一个人回花店，这才在回去的路上看见我和外星公主在一起，从而引发出很严重的小蛋生气事件。

接下来一段时间内，拓跋和玛利亚两个人大概每天都去教堂见面和幽会。直到开学以后，才手牵着手以甜蜜情侣面貌出现在我和小蛋面前，态度还很自然。

完全不顾我满脑门的汗。

我不由心生感叹。世界真是无奇不有。

只有小蛋对他们还像原来一样。

"咦，玛利亚姐姐，你们讨论好《圣经》了吗？"

至于外星公主那边，事情好像也有进展。国王和王后的关系有了很大的好转，只是不清楚是不是小蛋那束花的关系，

"上个星期，两个人终于在一起吃了顿饭。"外星公主来花店和我说，"虽然说是迎接某个星球的大使而举行的皇家公务晚餐，但毕竟是坐在同一张桌子上了。而且晚上爸爸还开车送妈妈回家了。听爸爸说，等他处理完这个月的公务，一家人会去巴黎度假。不是别的地方，是巴黎！到了那里，两个人肯定会和好的吧？因为他们的蜜月就是在那里过的。"

我也为她高兴。

"说起来，还要谢谢你。"公主大人说。

"谢……谢我什……什么？"

"你不是给了我一束花吗？我拿回家后，灵机一动，对妈妈假称是爸爸送的。妈妈虽然没说什么，但毕竟没把花丢掉。正好爸爸打电话过来，说是有公事和妈妈商量，但谁都看得出那不过是借口罢了。由于我在中间牵线搭桥，两个人的联系多了起来。看来事情正在往好的方向发展。"

"那……那太……太好了。"

"不过我自己的事情,你还是要帮忙的哦。"

"你自……自己的事……事情?"

"就是寻找合适的恋爱人选的事啊。你总不会已经忘得一干二净了吧?要是忘了,那我也只好拉你来充当了,这你也不想的吧,你不是已经有心上人了吗?"

"你……你说我……我……已……已经有……有了?"

我很困惑。

"心上人啊,那天那个女孩不是吗?就是你慌慌张张赶上去解释的那一个。嘿嘿,我可是很聪明的,什么都瞒不过我的。"

我迟钝了片刻才反应过来,耳朵像烧熟了似的发烫。

"你……你误……误会了。"

我结结巴巴地说。

她一定是误会了,我想。

我没有跟外星公主解释自己患有女性恐惧症的事,因为觉得多一事不如少一事。万一她对此感兴趣就不妙了。我很有可能被做成标本后运到外星展览。总之,虽然得了这个奇怪的病,但我很珍惜自己不怎么起眼的人生,绝对不想变成标本供人瞻仰。

不过,如果对方在把我做成木乃伊之前,问我留恋自己人生里的什么,我可能完全回答不上来。到目前为止,我的人生完全可以说是平淡无奇(会说话的冰箱是例外的例外),没有任何值得瞩目和让人羡慕的地方。除了吃饭和睡觉之外,闲暇时间里我最喜欢的就是听听好听的音乐和读一两本好看的小说。

可能有人觉得我像蜗牛一样沉闷,生活中一点刺激和冒险也没有。可我真的喜欢这样的日子,喜欢 CD 里动听的曲子,小说里精彩的片段，晚上洗澡时轻松地哼歌，抚摸毛茸茸的小猫小狗……

"这些都很无聊嘛，一点意义都没有，看来你只有成为木乃伊，生命才有意义。"负责把我做成木乃伊标本的人听了以后大概会这么说。

"对你而言，生活里最重要的是什么呢？如果没有什么别的了，我就要动手把你做成标本了。"

"我生活里最重要的？好像没有什么特别重要的。可是，如果是最重要的话……

有一个从蛋里出生的小女孩。

我想起来了，请不要把我变成木乃伊。有一个对我来说很重要的东西。哦，那不是什么东西，是一个女孩，卵生的女孩。"

"她是你的什么人呢？"

"她不是我的什么人，我也不是她的什么人。我们其实什么关系也没有。但是，因为她是一个卵生的女孩，在这个世界上孤孤单单的，所以，只有我来照顾她。"

"是这样的吗？"

"对，是的，是这样的。我不能成为木乃伊，因为我收养着小蛋，所以我必须好好照顾她，小心呵护她，关爱她，我有这个责任。在这个责任完全兑现之前，在她离开我之前，你不能把我变成木乃伊。"

我暗暗庆幸，因为小蛋，我才避免了成为木乃伊标本。

想到有一天，小蛋会离开我。

我忽然不安起来。

真的会吗？

想了一会儿，我又觉得自己很可笑，为什么要去为这种事操心呢？

是我想太多了。

就在这个星期即将过去的时候，小蛋生病了。

39

小蛋病倒了。不是普通的感冒打喷嚏那种小病，她病得很厉害，一直昏睡着，什么都不知道。

我守在她的病床边，虽然担心，却无计可施。

这个星期前几天都是顺顺利利的，花店的生意很好，学校里也一切正常，冰淇淋店的冰淇淋也像原来那样可口。玛利亚和拓跋还请我和小蛋去旋转餐厅吃了顿自助餐，大概是感激小蛋使他们两个人认识。

周末这天，直到晚上花店结束一天营业为止，一切都很正常。关上花店，和安分别后，我们去附近的便利店买了一些东西。

走出便利店，我忽然觉得前面路口路灯的阴影下好像隐隐约约有一个黑影在晃动。时间已经很晚，街道上已经看不见行人，我心里难免有点紧张。对方似乎浑身长毛，眼睛还会发亮……

离近了一看，原来是一条苏格兰牧羊犬。

我松了口气。这个牧羊犬看起来有点眼熟，似乎曾在哪里见到过。

小蛋也看见了，她冲牧羊犬挥了挥手。牧羊犬向我们走了过来，尾巴摇着，好像认识小蛋的样子。

"你们认识吗？"我问小蛋。

"认识啊。它常来店里买花的呀。"

原来它就是那条来买玫瑰送给心上狗的牧羊犬。

我正打算继续往前走的时候，裤子好像被什么勾住了。低头一看，是牧羊犬咬住了我的裤子。

它松口叫了两声。然后又咬住我的衣角，还往后拽了拽，好像挺着急的样子。

"怎么了？"

小蛋抱住牧羊犬的头颈，牧羊犬伸舌头舔了舔小蛋的手，又急促地叫了两声。

"它有事要我们帮忙。"小蛋说。

既然小蛋这样说了，大概这条狗确实有什么急事向我们求助。它又不会撒谎骗人。于是，我们跟在牧羊犬后面，由它给我们带路。

牧羊犬向前跑几步，停下转头看看我们，然后又继续往前跑。过了一会儿，我们来到另一条小路上。小路的路边躺着另外一只牧羊犬。带路的牧羊犬跑到它身边时停了下来，用舌头舔了舔它的脸。

这只苏牧的体型稍小一点，可能是犬类里的女性吧。我和小蛋蹲下来看了看情况，它好像被车撞伤了，呼吸很微弱。

我打电话查到最近的宠物医院的地址，确定医生还在那边，然后叫了辆出租车，和小蛋小心地把受伤的狗抬到车上，也带上了那条向我们求救的牧羊犬。

到了宠物医院,医生检查了狗的伤势以后说已经太迟了,除了身上多处骨折以外,内脏也破裂了,引发体内出血,就算动手术也已经于事无补。医生建议给狗打一针,好让它没什么痛苦地死去。

公牧羊犬好像听懂了医生的话,哀伤地吠叫起来。小蛋抱着它的脑袋安抚了好一阵,它才安静下来。

医生去外面的房间给一条摔断腿的雪橇犬治伤。病房里只有我和小蛋,公牧羊犬以及奄奄一息的母犬。我们守在狗的旁边。

"亲爱的,没有办法吗?"小蛋问。

我摇了摇头。

"真的一点办法也没有了吗?我好难过。"

小蛋抱着我的胳膊。我和她一样心里不好过。母犬已经不动了,眼睛闭上了,大概就快要死了。

公牧羊犬趴在伴侣的身旁,仿佛乞求什么似的看着我和小蛋。我以前还从来没有想到一只狗也会有这样悲伤的眼神。可我真的无能为力。也许医生的意见是对的,既然已经没有办法……

小蛋像想起来什么似的摇了摇我的手。

"啊,我想起来一个办法。"

我问她是什么办法。

"是安姐姐教的,就是可以让枯萎的花重新开放的方法。对花是可以的,可是不知道现在会不会有用。"

说着,小蛋把右手放在了母犬的身上,然后像是祈祷一样地闭上眼睛。

就这样过了片刻,一切好像没有任何改变。

我叹了口气。也许她和安的确可以使花再次绽放,可对花以外的东西显然就无能为力了,又有谁能主宰生命呢?

刚想劝小蛋放弃这个念头,奇异的事情发生了。

柔和的光出现在了小蛋的手上,光像液体一样缓慢流淌了下来。

四周好像有微妙的变化,但具体是什么变化我说不上来。

光芒消失了,小蛋睁开了眼睛。

到底怎么样了呢?

狗还是一动不动地躺在那里。

公牧羊犬紧张地竖起了耳朵。

我也听见了。受伤的狗在小声呜呜。没过多久,它居然睁开了眼睛,并且费力地伸出舌头舔了舔小蛋的手。

我连忙叫医生过来。

再次检查以后,医生比我还要惊讶。狗虽然受伤很重,却已经脱离了危险,接下来,只要好好疗养就可以了。

"太好了!"

小蛋露出了笑容。

事情总算解决了,两条牧羊犬暂时都安顿在了医院里,和它们告别后,我和小蛋离开了那里。

回家路上,小蛋一直没怎么跟我说话,我想她可能是觉得累了吧。

快要到家时,她才开口。但声音很轻,我没有听清楚。

"亲……爱的……我好像……不舒服……"

话还没说完,她就昏了过去。

40

我坐在病床旁,陪着昏睡的小蛋。

那天半夜,因为拦不到出租车,我抱着小蛋跑到医院急诊,急得眼泪都快掉下来了。诊断下来,小蛋在发烧,因为过于虚弱所以昏迷不醒。

小蛋住进了医院。以后的两天时间里,她一直没有醒来,身体还发着高烧。

看着吊着盐水的小蛋,我想起以前她问我的话。

"打针疼吗?"

那时我没有感觉到什么,但现在我感觉到了。

她之所以会病倒,应该和帮助那条受伤的牧羊犬有关。

那个时候,她用那种让花再次开放的能力,救活了伤犬。

至于让花再次开放的能力的原理是什么,我不太清楚。那应该并不单单是心意相通和向谁祈祷那样简单。

也许那是一种分享生命活力的方式,原理就跟输血一样。小蛋把自己的生命活力传给了枯萎的花朵,从而使花朵得以再次盛开。

同样,她也将自己的生命能量输送给了垂死的苏格兰牧羊犬,使牧羊犬起死回生。

不过,牧羊犬毕竟不同于小小的植物花朵,使它恢复生命

147

所需要的生命能量远远超过了小蛋身体所能够承受的。所以小蛋才会变得这么虚弱,昏睡不醒。

如果事实确实如同我所想的这样,我又该怎么做呢?我也这样来帮助小蛋吗?

我试着把手放在小蛋的身体上,然后闭上眼睛。

但是什么也没有发生。小蛋仍然在昏睡。

我该怎么做呢?

事实是,即便再怎么担心和难过,我却什么忙也帮不上,只能呆呆陪坐在病床旁,呆呆看着在高烧中昏睡的她。

不知道为什么,我总觉得她从此便不会醒来了。

明知道是错觉,但这个念头在头脑中总是挥之不去。

我深恐她会一睡不醒。

这天晚上,我做了个梦。

我梦见了小蛋。

我只能看见她的背影,她站在阳台上,浑身散发着白色的光芒,背上有一对翅膀。

她久久地站在那里,夜风吹拂着她的长发和翅膀上白色的羽毛。

"小蛋?"

我叫她。

她回过头,看着我,微微一笑。

然后张开了翅膀,飞向天空。

不管我再怎么叫她的名字,小蛋一直没有回头。

她就这样飞走了,

头也不回地离开了我。

我含着眼泪醒了过来。

我好害怕。

醒来的时候,我发觉有人在轻轻摸我的脑袋。

抬起头,看见她睁开的眼睛。

她醒了。

41

她醒了,在看着我。

我摸了摸她的额头,好像烧也退了。

真是太好了。

"你醒了,小蛋?"

她似乎很茫然地眨了眨眼睛,长长的眼睫毛一颤一颤的,然后看着我。

"小蛋?是我的名字吗?你认识我吗?"

不会吧,难道……

我一下子又紧张起来。

难道因为高烧,小蛋失忆了吗?

正不知所措的时候,小蛋却露出了笑脸。

"骗你的。"她做了个鬼脸,吐了吐舌头,"亲爱的真是笨笨熊。"

那一刻，我真想把小蛋紧紧抱在怀里。

出院回家休息了几天以后，小蛋就彻底恢复了活力。到底还是小孩子。

听说自己昏睡了三天，她还有点不相信，说自己只感觉睡了一小会儿。

"我只记得身体有点不舒服，太累了，全身没有力气，然后就睡着了。"小蛋说，"是亲爱的送我去医院的吗？"

"嗯……嗯……"我说，"你一……一下子就昏……昏倒了……"

"记不得了，我只记得自己做了个梦……"

"梦……梦？"

"只是个梦啦，记不太清楚了。"

她好像有点不好意思，反过来问我怎么又口吃了。

"我醒过来的时候，你说话不是好好的吗？"

我也不知道怎么回事。在她刚醒过来的时候，我确实忘了自己口吃的事，但是现在，它又回来了，简直跟尾巴一样。

现在，每次遇到玛利亚拓跋他们，他们总会拿我在医院时的紧张开玩笑，说我那副样子比生病的小蛋还要可怜，就连安都这么说。

"下次别再生病啦。你要是再有事的话，我看你亲爱的也会进医院的。"小蛋重新回到花店里，安拿出一大包各式各样的糖慰问她，"现在让我们吃块糖庆祝一下吧。"

"那个时候，你真的那么可怜吗？"

小蛋问我。

"因……因为你在生……生病啊……"

我试图解释。一般来说人类都是有同情心的，就连路边碰到一只受伤的小动物都会为之担心。万一小蛋有什么事，我心里实在过意不去。

是这样的吧？我问自己。

应该是这样的。这不但是同情心，也是责任感。不然我为什么要担心呢？

"原来是这样啊。"

听了我的解释，小蛋不再问什么，而是扭过头看窗外飘浮的白云。

她看了很久很久。

42

不知道是不是生病的关系，还是我的错觉，总之，小蛋好像和以前有点不太一样了。

虽然，每天她还是一样地做出可口的饭，微笑着面对光顾花店的每一位客人，傍晚的时候在花园里喂食小动物。

但是，她比以前沉静了许多。常常一个人坐在窗口看蓝天白云。

有时也在我吃饭的时候在对面托腮端详着我，就好像我是形状古怪的冰淇淋一样。

当我想询问她的时候，她已经转了过去，从我身边轻盈地

151

走开。

也不再像原来那样每天都缠着我,要我给她买冰淇淋。

这些变化让我不知如何是好。

是的,小蛋确实已经变了。

原来那个像小猫一样赖床的小女孩已经变成了一个娴静的美丽少女。

因此,我清楚地感觉到,我和小蛋之间有了距离。

一想到这,我难免失落。

我很想念那个像小猫一样赖床的小女孩,虽然她现在就在我眼前。

可能这就是所谓的代沟吧。

我自言自语。

我大概也变了,和小蛋单独在一起的时候,我常常走神去想别的事情,导致我经常忘东忘西的。

去学校发现自己没带课本,到超市发现自己没带钱包,买来冰淇淋忘记放进冰箱。

"你不会得健忘症了吧。"冰箱说。

我不知不觉叹了口气。

闲暇时间里,玛利亚和拓跋常常来找我和小蛋一起去活动。大概成为情侣的人都喜欢拉着朋友一起出去吧,也可能他们两人属于异类。我和小蛋陪着他们逛街、买衣服、看电影、听音乐会、溜冰、唱卡拉OK、喝咖啡、观看艺术展览以及去教堂祈祷。几次以后,我忍不住问他们为什么非要拉我们一起。

他们回答说是因为拯救。

"拯救？"我不明白。

"是啊，拯救。我们是来拯救你们沉闷的生活的。要知道生活是多姿多彩的。你当然无所谓了，可是总不能一直虐待小蛋吧？"

于是，我和小蛋常常跟在拓跋他们的后面，默默地走着。

被小蛋救活的母犬也已经恢复了健康。这两条牧羊犬已经和小蛋很熟悉了，时常来花店看望我们，大概是表示感谢。听医生说，母犬已经怀了小宝宝，小宝宝过几个月就要出生了。为保证小狗顺利生产，小蛋隔几天就带着两条牧羊犬去医院复诊一次。

"小蛋好像变成大人了。"安对我说。

我望向小蛋，她正跪坐在地板上，帮牧羊犬梳理长毛。

"昨天和她一起去买内衣……总之越来越好看了。"

"……"

"好像到了恋爱的年龄了。"安说。

恋爱的年龄？

看着温柔地搂抱着牧羊犬的美丽少女，我忽然感到一阵慌乱的心跳。

43

由于经常要写论文和上网查资料，新学期开始不久，我把家里的笔记本电脑带到了洋房,在书房通过电话线上网。小蛋在家没事的时候,也可以上网解闷。

上网小蛋早就会了。我去学校电脑房的时候也常常带着她,没几次她就熟练了,还有了自己的聊天号码。她甚至还想叫冰箱一起上网,大概是觉得冰箱整天一个人站在那里怪孤单的。然而冰箱对电脑和因特网毫无兴趣,它说它很忙,忙着思考。所以小蛋只好自己上网和玛利亚她们说话。

在网上她有几个常用的名字,有时候是"卖花的小女孩",有时是"和熊住在一起的公主",有时还会用"亲爱的"这个名字假扮成男生的口吻(由于很多 MM 上当受骗,我不得不帮她善后,由于我的口吃,善后效果倒是很好),当然最常用的还是"小蛋"这个名字。

在网上她习惯和人打招呼的方式是:

"你好,请问你那里是地球吗?"

就这样,小蛋在网上认识了很多朋友。有一些网友还专门跑到花店来,也不知道是来买花的还是来看小蛋的。

小蛋上网的时间好像越来越长了,也不知道她是在和谁聊天,在说些什么,每次我走近的时候,她都已经关掉了软件,似乎是有意不想让我知道。

是的,她已经不是那个什么事都和我说的小女孩了。

她有了自己的世界。

我有一点难过。

可能为人父母的都曾体会到我这种感觉吧,虽然我并非她的父母。

但我并没有往别处想。

直到有一天，她告诉我，晚上要出去和网友见面。

"亲爱的，晚上我想出去。"她跟我说。

"是去……去买冰……冰淇淋吗？"我说，"我等……等会儿要去超……超市，要不……不然……"

"不是的。"小蛋看了看我，然后低下头，"我是和一个朋友出去。"

和一个朋友？

"朋……朋友？是玛……玛利亚吗？"

"不是的。是一个你不认识的朋友，我在网上认识的。"

"网……网上？"

"也到花店里来过的，说不定你也见过的，不是什么坏人，和你一样也是学生。"

"哦……"

"我可以去吗？"她问。

虽然我十分不愿意她出去见什么网友（而且是晚上），但我又实在想不出什么理由来阻止她出去。是啊，又有什么理由可以去干涉她和别人的交往？

只好答应。

万般无奈地答应。

"别……别太……太晚回来，小……小心一点。"

"知道的，不会太晚回来的，看完电影我就回来。"

小蛋出去以后，家里突然变得空荡荡的。尽管对方是邀请她去看电影，但是这一点并不能使我安心。对小蛋这样不谙世事的女孩来说，电影院无疑潜藏着很多危险。一到天黑，许多危险的野生动物就会成群地在城市里出没。大灰狼闪烁着尖利的犬齿，一边流口水一边露出邪恶的狞笑，小蛋害怕地蜷缩成一团……

等一等，我在胡思乱想些什么啊。我捶了捶自己的脑袋。是不是晚饭吃太饱的缘故？

对了，小蛋去看的是什么电影呢？

电影内容也是很重要的。

我找出报纸，查阅今天播放的影片。各个电影院今晚播放的电影各不相同。统计了一下，有一部恐怖片、两部爱情片和三部动作片。不知道小蛋去看的是哪一部。但如果是对方来选择的话，很有可能是选择爱情片，因为比较容易制造合适的气氛。不，不对。最有可能的还是恐怖片。女孩子一害怕的话，一般就会……

我想象自己和小蛋看恐怖片的场面。当恐怖的画面出现的时候，我脸都白了。这时候，小蛋摸着我的脑袋，说："亲爱的小熊不要害怕。"

……

不对不对，我又在胡思乱想了。肯定是晚饭吃太饱的关系。

因为肚子太饱了坐在那里很容易胡思乱想，我想出去散散心，但又怕小蛋在我出去的时候打来电话，只好继续一筹莫展地坐在那里。

电话铃突然响了起来，我慌忙拎起话筒。

"小……小蛋吗？"

不是小蛋，是安打来的。花店的事情。

"小蛋有什么事吗？"她问。

"没……没有。"我说。

我郁闷地挂掉了电话。

时间过得好艰难。我想起暑假里小蛋和拖把先生的那几次约会。现在我情愿小蛋是和拓跋出去约会的，那样至少我会放心。再怎么样，拓跋都是我的朋友。现在，小蛋却是和一个陌生人在一起看电影。

我不想她这样。

我心里好像有个声音说。

我不想她怎样？

我不想小蛋和别人出去看电影，不想小蛋和别人出去约会。我不想。

是啊，这样很让人担心。我宁愿是拓跋这样熟悉的朋友和小蛋约会。

不，不是的。

那个声音说。

就算是拓跋，我也不想小蛋和他出去约会。

——这才是我真正的想法。

意识到这一点时，我忽然怔住了。

难道这个自私的念头才是我真实的想法？

为什么呢？

难道我把小蛋看成自己的私有物品了吗？

难道说……

我呆呆地望着窗外的夜空，不敢再想下去。

晚上九点钟，小蛋回来了。很愉快的样子，还轻轻哼着一首什么歌。

"电……电影好……好看吗？"我问。

"好看。"小蛋回答说,"看完电影我们还去吃了冰淇淋,很好吃。"

还去吃了冰淇淋。

很好吃。

心好像被什么紧紧握住了。

难受。

我努力保持微笑。

"那……那就好。"

"我们约好下次还出去的。"

……

"可……可以啊。"

这天晚上,不知道为什么,我失眠了。

肯定是晚饭吃太饱了的缘故。

肯定。

44

由于晚上没有睡好。第二天的我形如鬼魅,上学路上竟然吓哭了婴儿车里的婴儿。在学校里,玛利亚看见了也很好奇,说还没有到万圣节啊,为什么我要装成鬼的样子。

"你身体不舒服吗,亲爱的?"在花店里小蛋问。

我摇了摇头。

她看了我一会儿。

"晚上我还要出去,可以吗?"

我点头。

觉得自己的头好沉重。

晚上她又出去了。

我赶着写学校布置的论文,故意没有吃晚饭。

本来以为肚子不撑就不会胡思乱想了,但到头来却不幸发现,肚子里如果什么都没有的话,只会更加刺激想象力。

我很同情写小说的作家们,他们一定经常不吃饭才写得出精彩的小说来,真是不容易。

晚上回来的她好像比昨天更愉快了。

于是我继续失眠。

接下来一段时间里,每隔一两个晚上,小蛋就要出去一次,回来的时间也越来越晚。她回来的时间越晚,我越是焦虑惶恐。有两次我实在忍不住,问她怎么这么晚才回来。

她说忘了时间。

"记……记得早点回来,夜……夜里不……不安全。"

我无奈地说。

虽然她答应了,但回家的时间仍然继续推迟,大概玩得真的很开心吧。

白天的我变得浑浑噩噩的,有时忽然变得很伤感,有时又很容易生气,但多数时候还是愣愣地发呆。原来反应就很慢的我,现在就更迟钝了。玛利亚和安出于关心,轮流问我是不是有什么心事。我摇头。应该只是睡眠不足的关系。

为什么城市不实行宵禁呢？

这样小蛋就不用出去了。

也许我可以在家宣布宵禁，不准小蛋出去。

可是，我没有权利这样做。

什么权利也没有。

她现在出去也不再征求我的同意了。

在小蛋出去的夜晚，我越来越难以控制自己的情绪。据说狼对月嚎叫是因为伤感，现在我多少能够理解了。

又过了几天。

这天晚上，小蛋出去以后，我在家里写论文。写来写去写不出来，废纸团扔得满地都是。我忽然急躁起来，把稿纸都撕碎了。

我实在生自己的气。

"我这是怎么了？"

我抱着头问自己。

"我想，我曾经在莎士比亚先生的某部作品里看到过类似的情况。"一旁的冰箱开口说，"知道是哪一部作品吗？"

我没有说话。莎士比亚戏剧又和我有什么关系呢？

"《奥赛罗》。去看看吧。我觉得那是莎士比亚悲剧中结构最完美的一部。语言优美动人，情节极富戏剧性。"冰箱说，"我还记得其中的台词——'不过多么可惜呀，依阿高，啊依阿高！多么可惜呀！'还有——'I kiss'd thee ere I kill'd thee. No way but this; Killing myself, to die upon a kiss'……"

"……"

"去看看《奥赛罗》吧,可怜的摩尔人!"

45

夜已经深了。

手表的指针一圈圈缓慢地走动。星星和月亮都被云层所笼罩,外面的街灯似乎也暗淡了下来。可以听见街上的脚步声。

但每个脚步声都渐渐远去,连同时间本身。

它像是嘲笑我一样,从我眼前滑过,直到午夜。

世界的钟敲响了十二下。

灰姑娘穿着水晶鞋,悄悄地从灯火辉煌的宫殿里跑了出来。因为马车已经变回了南瓜,她只好一个人走在暗暗的街道上。嗒、嗒、嗒……深夜里传来她的脚步声。

与脚步声一起到来的,还有门开的声音。

我转过身,面对门口。

她回来了。

"亲爱的,还没有睡吗?"

她看着我。

"我……我在等你。"

我看着她。

她目光纯净。

"在等我?"

"你怎……怎么回……回来这……这么晚?"

"啊,我不知道已经这么晚了……"

"你到……到底去哪……哪里了?"

"今天去了几个地方,先去逛街吃冰淇淋,然后去跳舞了。"

"你去……去那……那种地……地方干……干什么!"

一生起气来,我说话更结巴了。连自己也不知道自己在说些什么。

"因为没去过,有点好奇。"她看着脚下的纸团,说,"后来又去了酒吧。"

"酒……酒吧?"

我似乎闻到了她身上的酒味。

"你……你喝酒了?"

"只喝了一小杯,现在头有点晕。"

"你……你……"

许多情绪堵在了胸口。

"你说什么,亲爱的?"

"你不应……应该去那……那里。"

"为什么不能去?"

"那里……不……晚……晚上……你还太……太小……"我挣扎了半天才把话说出来,"你……你还是个小孩子……"

她抬起头直直地看着我的眼睛。

"我不是小孩子!"

这是她第一次反驳我。

但仅仅一句就够了。

一句就让我无法招架。

"可……可你是女……女孩……你还什……什么都不明白……"

嘴里像是打结了一样。冲口而出的，却是另一句。

"晚……晚上我不……不准你再……再出去！"

话一出口，房间里突然静了下来。

我忽然感到无比气馁，那并不是我想说的话。

彻彻底底的失败。

所有的情绪一起涌入了心里，委屈、羞愧、颓然、伤感、疼痛、自责。

我已经一败涂地，甚至不能再面对眼前的她。

只能转过身去。

房间里只有时钟的秒针走动的声音。

"我哪里做错了吗？"

过了很长时间，她轻轻地问。

"……"

"你在生气吗，亲爱的？"

"……"

"你在难过吗，亲爱的？"

"……"

她轻轻地走了过来，走过了一地的废纸团，来到了我身后。在我还没有反应过来的时候，她从后面轻轻抱住了我。

她抱住了我。

"告诉我，告诉我你在生气，在难过。告诉我吧。好让我知道……"

她把头贴在我背上,轻声说。

"……亲爱的在喜欢着我……"

"……"

我呆在那里。

"我说谎了。"

她轻声说。

"我没有去跳舞,也没有去酒吧,也没有去看电影。我哪里都没有去,都在玛利亚姐姐的家里。"

她轻声说。

"是她和拖把先生教我这样做的。小蛋一直很喜欢亲爱的,但是不知道亲爱的喜不喜欢小蛋。小蛋很害怕亲爱的不喜欢小蛋,很害怕亲爱的会离开小蛋。小蛋已经长大了,有很多心事,心事被拖把先生和玛利亚姐姐知道了。他们教小蛋用这个办法。他们说,如果亲爱的生气难过的话,就说明他是在嫉妒,在因为小蛋吃醋,说明他很喜欢小蛋,所以我才说谎了,所以我才骗亲爱的说晚上要出去玩。我其实没有和别人出去过。亲爱的请不要因为我说谎而生气。我偶尔也会做错事的,请原谅小蛋吧。"

她轻轻地说。

"亲爱的,你是在生气,在难过吗?你是吗?"

"我……"

我艰难地回过身。小蛋抬起头,眼睛像水晶一样剔透明亮。我慌乱不堪,一种从来没有体会过的感觉从胸口升上来。那是一种温暖的感觉,温暖得像是可以融化一切那样,连我在内。

"亲爱的,告诉我,亲爱的喜欢小蛋吗?"

她的声音很轻很轻。

"我……"

我正想说点什么，忽然感觉有什么湿漉漉的东西流了下来。

她吃惊地看着我的脸，如同那里正在融化一样。

我迟疑地伸手到自己鼻子下面。手上立刻一片殷红。

血？

世界好像开始旋转起来，越转越快，快得我站都站不住了，什么都看不清了……

她在流泪。

在失去意识以前，我听见了她的哭泣声。

46

醒来时，我发现自己已经躺在了沙发上，脸上还盖着一块湿毛巾。

她还在擦眼泪。

玛利亚和拓跋围在旁边，大概是小蛋打电话向他们求助的。

"亲爱的……你终于醒过来了。"

小蛋勉强笑了一下，擦掉眼泪，却迟疑着不敢靠近我。

"你没事吧？"拓跋问我。

我摇摇头，感到莫名其妙。

"到底是怎么回事呢？"玛利亚问。

"只要我一碰亲爱的,他就会喷血……"

喷血?

我摸了摸鼻子下面,拿起毛巾一看,毛巾上沾了很多血。难道是我的血?

"可是刚才我把他扶起来的时候,不是没事的吗?"拓跋说。

"我也不知道怎么回事,只要我一碰……"

"只要一碰就会出血?"玛利亚想了想,"会不会是只对女生有反应?如果是这样……"

说着,她拿手碰了碰我。

我鼻血长流。

小蛋连忙想拿毛巾帮我擦血,却又怕碰到我。

"还真是啊。好奇妙……"

"先别闹了,玛利亚。"拓跋说,"赶紧去医院检查一下吧。"

去了医院,鼻血倒是止住了,但出血的原因却检查不出来,医生推测是情绪方面的原因,可能跟荷尔蒙什么的也有联系。只要我和女性有身体上的接触,鼻子就像打开了水龙头一样往外流血。如果失血过多,人就会晕倒,就像刚才那样。

我躺在医院的病床上等待诊断。小蛋闭着眼睛趴在床的旁边休息,眼睫毛上还挂着泪珠。

其实不用诊断我也晓得原因。

我的女性恐惧症已经恶化了。

"对不起……"

她呢喃说。

47

　　现实总是会出乎人的意料。这是我的体会。

　　即便如此,我也没有想到事情会发展到现在这个样子。谁会想到我的女性恐惧症会升级到一旦和异性有身体上的接触就会鼻血长流的地步呢?

　　医生也没有办法。除了止血棉以外,他最多也只能在我失血过多的情况下给我输血。

　　所以我只能接受这个现实。

　　因为这个现实,在日常生活中我遇到了许多意想不到的困难。公用交通工具不能乘坐了,去学校上课也只能找个没人的角落坐下。人多的公共场所无法踏足,只要看到周围有异性存在,基本上只有退避三舍,力求做到身边两米以内女性勿近。

　　就算是这样,每天还是一不小心就会鼻血长流。只要一看见女孩,我都忍不住想用纸巾捂住鼻子。背包里每天都放上一卷筒的纸巾以备不时之需。

　　这样当然很折磨人。

　　我狼狈不堪。

　　从此以后不能再接触任何异性,对我来说,又真正意味着什么呢?

　　她用忧伤的目光看着我。

　　每一天,默默地在我的背包里准备好卷筒纸,帮我洗掉沾上血的衣服。

连笑容也少了许多。

也许,她觉得我的病是因为她才发作的,所以感到自责。

她这样,比女性恐惧症本身更让我觉得煎熬。

因此,我也开始躲避她。

借口去图书馆,借口出去买东西,借口考试,借口花店加班。

寻找各种借口避免和她单独相处。

晚归,早出。

在她睡着以后回来,在她醒来之前离开。

我希望借此躲避一些东西。

比如,那天晚上的记忆。

然而,无论怎样,它们总是挥之不去。

"亲爱的喜欢我吗?"

她在我心里轻轻地说。

即便在入睡以后,我的内心依然无法获得平静。

"妈妈。"她睁开眼睛说。

"小蛋是我的名字吗?"她问。

"亲爱的只有一个小蛋吗?"

"亲爱的?"

她的眼睛凝视着我。

"亲爱的喜欢我吗?"

半夜,我醒了过来,再也无法入睡。

去厨房喝水,看见餐桌上她写的纸条。

"亲爱的,晚饭已经做好了。你今天身体好点了吗?最近你总是回来很晚。本来想等你回来的,可是实在是太困了。我先睡了,晚安。"

来到她的房间,悄悄坐在她的床边,看着她。

她睡得无声无息的,简直和沉睡在森林里的公主一样。

我伸出手,想帮她掠开散在脸上的长发。

但我的手停在了半空中,始终无法触碰到她。

我离她很近很近,却感觉她在很远很远的地方。

很远很远。

然而我并不知道,这个时候,她的沉睡已经开始了。

48

"可怜!"

没过多久,刚从巴黎度假回来的她也知道了我的事情,也不清楚是从哪里听说的。

"这个,真的只要一碰就会喷鼻血吗?"她显然跃跃欲试,"真想见识一下。"

我赶紧往后缩了缩,跟她保持安全距离。

"你的父……母和……和好了吗?"

"唉,那件事就别提了。本来以为这次去巴黎是个让他们改善关系的好机会。结果两个人却在卢浮宫里大吵了一通,就因为两个人对那个什么梦哪里啥的评价不同,都被登上报纸头条了，真是丢人！"

"别……别急，慢……慢慢来。"

"是啊，也只有这样了。"

她看了看店里。

"咦，她不在啊？"

"谁，谁啊？"

"就是和你一起卖花的那个女孩啊。"

"她……她有……有点累，回……回去休……休息了。"

"你喜欢她吧？"

"……"

"可是，你这个样子，是不可以……"

她停了下来，同情地看着我，没有把话说完。

我明白她想说什么。

是的。

不可以。

49

周末，拓跋和玛利亚拉我和小蛋去郊游。他们不知从哪里借来一辆旧轿车，由拓跋驾驶，一路上车身哐当作响，好像随时会散架的样子。

玛利亚负责安慰我们。

"不会有事的。这辆车一共只被撞过三次。"

不管怎么样，我们终于活着到了郊外的野营地，一切按部就班，干柴准备好了，篝火架支了起来。小蛋和玛利亚负责煮汤做饭，拓跋和我则奉命去湖边钓鱼。

"鱼汤的原料就靠你们了。"玛利亚握着明晃晃的刀说，"如果没有什么收获的话，你们自己看着办吧。"

"你们小心点，"小蛋系着围裙拿着汤勺说，"别掉到湖里了。"

我们拿着钓具走向湖边，找到一块适合垂钓的湖岸，分别坐下，垂下鱼竿。湖边长着茂盛的芦苇，芦苇很高，遮挡了视线，看不见玛利亚她们，听声音好像离我们挺远。

我先钓上了一条。拎起来看了看，鱼很小，只有手指长，我又把鱼放回了水里。

"你还太小了。"我对鱼说，"以后别那么贪吃了，会变成鱼汤的。"

"如果鱼听懂了，那等会儿下锅的大概就是我们两个人了吧？"拓跋说。

他也钓上了一条。上钩的鱼符合标准，放进了桶里。

"我和玛利亚认识，说起来还都是你和小蛋的功劳。我想，这应该也是神的安排吧。"

"神的安排？"我问。

"是啊，神让我和你成为朋友，又让玛利亚成为你的同学。然后，通过你和小蛋让我们相遇相爱。神就是这样安排的。"

他甩了下钓竿，将鱼钩抛入水里。

"想起来也真有趣，几个月前，我想约会的人还是小蛋。现在，居然和玛利亚在恋爱，一切真是不可思议。哦，对了，还包括你的那个女性恐惧症。"

我微微苦笑。

"不过说实话,我那个时候是真的喜欢小蛋。女孩我接触过很多,但从来没有见过像她这样的。怎么说呢,就好像是透明的,什么都看得见一样。你不要用那种眼神看我,我说的不是衣服。我说的是心,或者是灵魂这类的东西。"

"……"

"总之那个时候就是想和小蛋约会。因为你是她的监护人,所以我就傻乎乎地跟你申请。你居然也同意了。然后那天,我兴冲冲地开着摩托车接小蛋去约会,想在约会的时候找个合适的时机用最古老的方式和她表白,结果……"

水面上的浮标好像动了一下。我们等了一会儿,却什么动静都没有。拓跋惋惜地叹了口气,继续说了下去。

"那天,我问她:'小蛋,你有没有喜欢的人?'

'有啊。'她说。

'是谁啊?'我问。

小蛋把冰淇淋拿在手里转来转去。

'我喜欢亲爱的。'她笑着对我说。

她眯起眼睛笑的样子,好像很幸福。

一整天的约会,大部分时间我都在听小蛋在聊亲爱的这样啦,那样啦。这种情况下,你让我有什么办法?为了助兴,我也说了许多我们过去的事情。每当提到你的时候,她的眼睛都闪着光彩,整个人好像也跟着光彩夺目起来。只有真正的傻瓜才会看不出这意味着什么。幸好我还没有那么迟钝。"

"……"

"不久我就遇到了玛利亚,并且真心喜欢她。我们兴趣相投,心意相通。我感谢神让我和玛利亚相爱。因为和她在一起,我感到内心满足、宁静和幸福。"拓跋说,"我现在仍然喜欢着小蛋,不过现在的这种喜欢已经变成了关爱。我和玛利亚都像疼爱自己的妹妹一样疼爱着小蛋。开句玩笑,也有点像宠爱着心爱的宠物。"

"……"

"当我们发现小蛋有心事的时候,我们就忍不住问她了。其实也不用问的,看也看得出来问题出在哪里。

'亲爱的究竟把小蛋当成什么了呢?'

'在他眼里,小蛋就只是一个小孩子吗?'

那一段时间,我和玛利亚轮流在网上和小蛋聊天。她把心事都告诉了我们。

可是问题解决起来并没有那么简单。我们虽然很关心,但也不能代替她做任何事。那样只能适得其反。所以我们才在每次出去约会的时候拉上你和小蛋。不过,似乎没什么效果,可能你在这方面真的很迟钝吧。"

他停了一会儿。

"那个主意是我和玛利亚出的。我们让小蛋每天晚上到玛利亚的家里去,却对你说是去约会去了。大概只有这样,你才能真正知道,她在你自己心里真正的位置。我想你现在应该已经知道了。"

"……"

"我不知道现在你到底打算怎样,"拓跋说,"但我和玛利亚希望你们都能幸福快乐。我们希望是这样。"

他没再说什么。

我默默看着浮标,盼望着鱼儿快点上钩。浮标一动不动。

鱼都到哪里去了呢?

最终,我们又钓上了两条鱼,从而避免了代替鱼下锅的命运。

"觉得我们现在就跟熊王子似的。"

煮鱼汤时,小蛋这么说。

"熊王子?"玛利亚问。

于是小蛋讲了熊王子的故事给玛利亚和拓跋听。听过以后,他们也觉得很有意思。

"我喜欢这个故事,"玛利亚说,"把它改成舞台剧怎么样?"

"舞……舞台剧?"我问。

"文学院的剧团今年圣诞节准备上演新剧,我正在写剧本。这个故事改成舞台剧的话,应该会很好玩的。"

野餐结束后回去的路上,小蛋有点疲倦,歪在后座睡着了。

"Ice cream……"

圣诞节又快到了。上一个圣诞节好像还是昨天的事。好像就在昨天,我第一次带小蛋去哈根达斯吃冰淇淋。

心里忽然有一点触痛。

好像就在昨天。

我第一次见到她。

50

　　进入冬天以后，小蛋似乎变得嗜睡了。早上往往不能按时醒来，有时在花店做事时也会睁不开眼睛，没什么精神。
　　以至于安问我是不是最近虐待小蛋，整晚不让她睡觉。
　　开始时，我也以为只是休息不足的原因。
　　但事实上，每天晚上她很早就已经入睡，第二天却依然显得睡眠不足。
　　有几次，我看见她蜷在花店的一个角落，就那么睡着了。
　　她的瞌睡已经远远超过了休息的需要。
　　"我好困，亲爱的。"她告诉我说。
　　然后很快就会入睡。
　　不管身在哪里。
　　仿佛进入了冬眠。

　　经过一段时间的排练，圣诞节前一个晚上，舞台剧《熊王子的故事》在学校剧场里正式上演了。
　　演出很成功。剧场里人满为患。一到精彩的地方就能听到全场大笑。
　　首演结束，所有参加演出的人都受到了热情追捧。甚至连我这个实际没有参与的故事原作者也无法脱身。可能饰演大灰狼的演员是唯一不快的人。演出时的木桶是真的，他被敲得满头大包。

小蛋也看了演出。和大家一样，她看得很开心，不，也许是比所有人都开心。

这个故事本来就是属于她的。

但演出结束以后的庆祝会，她却没有参加。

"是……是困……困了吗？"我问。

"不是的。只是想起来还有另外一点事。你和玛利亚姐姐他们玩得开心点。"

她微笑着说，然后一个人回去了。

庆祝会很热闹。身边或认识或不认识的男生女生不时大笑，可不知道为什么，我却一点也无法投入进去。只是坐在一个角落发呆。一边发呆一边喝果汁饮料，果汁喝多了就去趟洗手间。

然后回来继续喝果汁。

在热闹的人群里，我竟然感到很孤单。

到了晚上十点钟，聚会才好不容易结束。

快走到家时，看见洋房窗口透出的灯光——温暖的桔色灯光。

进到房里，看见小蛋头枕着双臂趴在桌子上。

她睡着了。

桌子上有一个烤得焦黑的蛋糕。

还有张纸条。

"对不起，亲爱的。本来想早点回来做一块圣诞蛋糕送给你，但我实在太困了，蛋糕也烤焦了。对不起……我太困了。圣诞快乐！"

纸条是湿的。

看了看小蛋，她脸上还有泪痕。

我坐了下来。

坐在小蛋旁边。

发了半天呆。

掰下一块烤焦的蛋糕,放进嘴里。

真的好难吃。

烤焦的蛋糕很苦,苦得我眼泪都要掉下来了。

尝过了蛋糕,静静地坐在餐桌旁,陪着沉睡的她,等待着。

这是我有生以来过的最特别的一个圣诞夜。

安静而温馨。

在这个晚上,所有人好像都从世界上消失了。

只有我和睡着的小蛋坐在厨房的餐桌旁。

51

对于普通人来说,睡眠是安静而恬美的享受,只有失眠才会让人烦恼。

可是,假如在一天三分之二的时间里都无法醒来。

假如随时都会入睡。

这样的睡眠,会是一种病吗?

圣诞节后不久,有一天,和拓跋、玛利亚他们约好去逛街,走在半路上,我忽然发现身边的她不见了。

177

回过头,她睡倒在人来人往的街道上。

无声无息地蜷在那里。

我拼命忍住喷薄而出的鼻血,把她抱回家。

在床上她醒了过来。

"我睡着了吗?"

她抱歉似的说,好像觉得是自己做错了事。

从这一天开始,她越来越多地在白天陷入睡眠中,才刚醒不久又沉沉睡去。

她的嗜睡在加剧,连去花店的路上都会不知不觉地困倒。

她已经无法继续在花店打工了。

安让小蛋好好在家休息。

也许休息几天以后,一切就会恢复正常了。

不能去花店上班,小蛋当然不好过,但她很快就振作了起来。

"在家里也很好啊,我可以给亲爱的做饭,每天我都会做不同的风味,"她笑着说,"变胖了可不能怪我啊。"

几天以后,我回到家,闻到满屋的煤气味。

饭做到一半,她不知不觉就睡着了。差点酿成火灾。

"以后,不……不要再给……给我做……做饭了。"我说。

我不许她再弄这些。

她抬起头看着我。

眼里满是哀伤。

52

在禁止她做饭的这天晚上,直到半夜我还是无法成眠,于是起身想找本书读。到书房门口,却听见她在和冰箱小声说话。

"今天,我在做饭的时候睡着了,差点闯祸了。"

"……"

我听不清冰箱在说什么,只能听见她的声音。

"亲爱的生气了,以后不许我做饭了。"

"……"

"我心里好难过,不是因为睡觉的关系……我不想亲爱的因为我……我不想让他担心……"

"……"

"说点开心的吧,今天好像比前几天有点精神了,睡的时间好像也少了,可能很快我就可以重新去花店打工,可以重新做饭给……"

她靠着冰箱睡着了。

我把小蛋抱回床上,帮她盖好被子,去洗手间止住鼻血。

躺回床上,浑身都失去了力气。

没什么问题的。我对自己说。

如果这是病的话,去看病不就好了吗?

如果这是病的话。

53

我带小蛋去了医院。

不止一家医院。

但是究竟去了几家,已经完全记不得了。

只记得,那一个星期,我们始终等待在诊断室的长椅上。

每一家医院给我留下的都是同一个印象。

医生始终穿着白色的医服,消毒水的味道都一模一样。

就好像,来来回回我们只是在原地打转。

多数等待的时候,她都睡着。

只有偶尔几次醒了过来,陪我说话。

"为什么呢?我们两个……"

"什,什么?"

"我们两个,"她靠近我,"一个动不动就流鼻血,一个怎么也睡不醒。到底是怎么回事呢?"

她这么一说,我也觉得有趣,皱着眉头笑了起来。

等她再次睡着以后,我又觉得一切并不是那么可笑。

没有一个医院能够确诊她沉睡的原因。

不能确定原因,也就没有办法治疗。

谁也没有见过这样的病。

就好像睡眠在一点一点把她整个吞了进去。

因为医院检查不出结果,我自己去图书馆浏览医学书籍,找到了一些有关于这方面的疾病资料。

世界上确实有很多和睡眠有关的疾病，名称各有不同。有沉睡者病、沉睡森林病、沉睡谷病和永恒沉睡病。关于各种沉睡病的病因也是各不相同。有的是病毒性的，比如晕睡性脑炎，有些是因为器官损伤造成的植物人状态，也有是因为心理因素而陷入长期沉睡。例如美国加利福尼亚有位先生就曾因为悲伤而长睡过三年之久。

但所有这些沉睡病的症状都和小蛋的情况不同。如果病症一样的话，医院也就不会检查不出来了。

这些都不是。

54

关于睡眠，我们到底了解多少呢？

古代希腊人把睡眠看成是短暂的死亡。相应地，死亡也就是永恒的沉睡。因此，在希腊神话里，睡眠之神休普诺斯和死亡之神塔那托斯是孪生兄弟。

如果抛开医学书籍，童话故事里也有记载。《沉睡森林的公主》(《睡美人》) 就是根据古代曾经发生的真实事件改编而来的。整个王国，从公主到修鞋匠全都昏昏入睡。故事里英俊的白马王子吻醒了公主，至于现实中公主有没有醒来，却没有人知道。

自从小蛋陷入沉睡以来,冰箱好像也忧郁了不少。每天很少说话,只是独自在那里思考些什么问题。

小蛋睡眠的时间还在延长。

一天二十四小时的时间,大概有二十个小时是躺在床上。

有时,醒过来的她也会告诉我她梦见了什么。但往往还没有说完就又再度入睡。

"我就跟小熊一样在冬眠呢。"

她笑着说,声音渐渐低了下去,直至进入无声无息的梦中。

睡眠使得她的一天变得异常短暂。常人的一天有十二个小时可以支配。对她来说,却只有四个小时。

支离破碎的四个小时。

对于一般人来说,四个小时有什么意义呢?

可能只够看两场电影,上两节课。

一次热闹的聚会。

不知不觉地就会过去。

谁也不会珍惜。

但无论对我还是对她而言,这微不足道的四个小时都是无比重要的。

也许是因为太重要了,反而不知道应该做些什么好。

好像只能呆呆地陪着她。

因此,我的一天也好像只剩下了这几个小时的时间。

只有她清醒的时候,我才感觉生活没有停滞。

有很多快乐和希望。

她说不用照顾她太多,做我自己的事就好了。所以我一如既往地写着自己的论文,读着自己的小说。只不过,是陪在她的身边。

可我觉得，其实是她在用自己仅剩的时间陪伴着我。

她的这四个小时还在不停地减少。

有时我难免会有事出去，她就趴在窗口目送我离开。

她在窗口看着我的时候，目光似乎有难以形容的凄凉。

我以为是自己的错觉。

回家时，如果能够在窗口看见她的身影，我都会觉得内心有一种淡淡的安宁。

这一天，在小蛋入睡以后，我整理房间，看见房东老太太和她先生的合影。照片里的一对青年夫妇逐渐过渡成头发花白的老人。

这些照片，只是背景略有不同。但照片中流溢出的幸福感，似乎在几十年中都没有变过。

等一等？

房东老太太和她的先生？

我脑子里忽然有了一种模糊的印象，隐隐觉得好像忽略了什么。

我走进图书馆书房，在里面找了半天，才发现自己要找的书躺在书橱一个不起眼的角落，封面甚至都沾上了灰。

房东先生写的书。

书名——《沉睡的北极》。

55

我从头看起。

这本书并不厚,只有一百多页。至于内容,既不是小说故事,也不是专门的学术著作。大部分内容都是北极地区的自然地理、环境气候、人类探险方面的记录,可能属于房东先生本人的研究领域。

书里花了很多篇幅介绍住在北极的爱斯基摩人和他们的文化。

"……人类在北极的活动历史已经超过了一万年。但是直到一八二五年之前,作为北极原住民的爱斯基摩人仍然没有受到现代社会的干扰,还处于完全与世隔绝的状态中……所有北极地区土著居民的文化传统都非常相似,属于某种共同的白色寒冷文化。他们的文化传统从数千年前几乎一成不变地延续到二十世纪。他们是地球上生活条件最艰苦的民族。严寒、暴风雪及食物匮乏常常直接威胁到他们的生命。但他们又是世界上最乐天安命,最和平善良的人……男人具有强烈的养育和保护整个部族的责任感,真诚地认为猎物应当平等地归于所有同类。对他们来说,最大的耻辱莫过于因为自私或不道德的行为被部族排斥于社会生活之外……对儿童则毫无例外地格外宠爱。……"

一直翻到书的最后一章。

最后一章写的是爱斯基摩人的神话故事。

《爱斯基摩人关于卵生少女的传说》

卵生少女

在爱斯基摩人的古老神话里,流传着一个名为"阿因卡图·维阿玛特"的美丽少女的传说。

少女集世间的纯真与美丽为一体,至于她的来历,却没有人能够确定。有人说她是冰国王和雪王后的女儿,有人说她是曙光女神的孩子,也有人认为她是天使的化身。

人们只知道,少女是从由北冰洋孕育的水晶之卵里诞生的,"阿因卡图·维阿玛特"意为"从蛋里出生,纯洁的水晶",就是卵生少女的意思。

爱斯基摩人相信世上一切事物皆有生命和灵魂。在他们看来,卵生少女正是生命的象征,带给了他们生命本身的祝福。

但是作为带来祝福的卵生少女本身,却很难说是幸福的。可能世界本来就是这样,给人带来祝福的人,却未必能够幸福。

除了美丽这一点,卵生少女的外貌和普通少女并无区别。作为生命的象征,只要她们愿意,就可以永远保持着自身的美丽,拥有接近永久的生命。

然而代价是,她们永远不能爱上任何人。一旦爱上了,她们如同北冰洋一样纯净的心就像阳光下的冰一样开始融化。当心开始融化,少女们就开始陷入永无止境的睡眠之中。就如同漫长的极夜的到来。

在爱斯基摩人看来,那又冷又寂寞、漆黑的夜空,正代表了卵生少女的可悲命运。当极夜到来时,就是恋爱中的卵生少女失去生命的时候。

爱斯基摩人深深地同情着美丽的、给他们带来美好祝福的卵生少女。因此,他们认为少女并没有真正死去,只是返回了自己的世界。

当极夜过去,黎明再次到来,新的生命轮回开始的时候,给爱斯基摩人带来祝福的卵生少女也能够获得真正的幸福。

……

回到卧室,我看着熟睡的她。
我多么希望,她真的只是在睡觉而已……

56

"对……对不起……"
我对安说。
因为要留在家里照顾小蛋,我去花店跟她请假,暂时离开"每日奇迹"。
"不用说对不起。现在又不忙,我一个人也可以的。"她说,"不过,真想小蛋早点回来。"

这个世界上,真的存在爱斯基摩人的传说吗?
卵生的少女。
融化中的心。
……

对了，如果世界上真有传说什么的，那当然也会有魔法存在吧？

安的鲜花不就是带有魔法的吗？

这个花店的名字是"每日奇迹"。对安来说，那应该是轻而易举的吧？这简直不能说是什么奇迹。既然她用花帮助过那么多的客人。

"安，你……你会魔……魔法的吧？"我说，"可……可以的话，我想请……请你帮……帮小蛋。"

安有点意外。她看了我好一会儿，摇了摇头。

"我什么魔法都不会。"

"可……可是你……你的花不……不是……"我结结巴巴地说，"我曾……曾亲眼见……见到过……"

"事情也许并不是像你看见的那样。"她似乎显得很遗憾，"我不是什么女巫，当然也不会什么魔法。有时候一束花确实可以改变一些事情，但那并不是因为我或者花本身有什么魔力。"

"那……那是因……因为什么？"

"那是因为人本身的信心。很多时候，花带来的，是人本来就有的信心。只不过人们并没有意识到这一点，反而觉得是鲜花带给了他们运气，觉得花有某种魔力，能够帮助他们。"

真的是这样的吗？原来安并没有那种魔法吗？

我不愿相信这是事实。

"对不起，我也很希望能帮上忙。但我不想骗你。"

临走时，她把一颗水果糖放在我手里。

我无知无觉地把它握在手心。

等到意识到的时候才发觉。

它已然融化。

57

我把家里的钟表都收了起来。

她清醒的时间,缩短到只有一两个小时。

只有看见清醒的她,我才能安下心来。

趴在她的床边,我迷迷糊糊地睡着了,醒来时看见她正睁着眼睛一动不动地看着我。

"我在听你打呼噜的声音。"她眯起眼睛说,"看你到底能打几个呼噜。"

总觉得她的笑容是世界上最可爱的东西,其他的什么也比不上。

夜里,她和我一起在窗口看星星和月亮,虽然城市的夜空其实什么都看不清楚。

"如果我们是在北极的话,应该可以看得更清楚吧?"她忽然说。

我说是的。

北极的夜空很干净,还可以看见美丽的极光。听说那里的日出是地球上最漂亮的。

"以后带我去吧,等我睡醒了以后。"

好的,等你睡醒了以后。

她对我微微一笑,转过了脸。

我买来各种口味的冰淇淋堆满冰箱。
她打开一盒,只吃了两勺,然后抱着它睡着了。
我从她怀里取出这盒冰淇淋。
冰淇淋原来真的是冰做的,难怪会这么冷。
如果时间回到你刚从冰箱里出来的时候,我肯定不会再让你吃的。
也不知道,如果你再一次从冰箱里出来,还会喜欢吃冰淇淋吗?

拓跋和玛利亚来探望了小蛋,但她那时没有醒来。
随后,他们去教堂礼拜。
我一起去了。
教堂空旷而安静,我们坐在后排,面对着圣像和十字架。
"我们一起来祈祷吧。"玛利亚说。
她和拓跋闭上眼睛,双手合十,认真祈祷。

礼拜结束后。我说想坐在这里休息一下,一个人留在了教堂。
空荡荡的教堂里,可以听见唱诗班的孩子在赞美上帝。
这空荡荡的教堂,就好像散场后的电影院。
我和她去看电影。她看到开心的地方哈哈大笑,害怕的时候就把头藏在我的怀里,难过了就哭鼻子,把眼泪都擦在了我的袖子上。
我不由闭上眼睛。

祈祷再次睁开眼睛的时候,一切重新来过。

如果,再来一次。
我不会再那么好心饲养你。
我会像童话里狠毒的继母一样对待你,让你整天以泪洗面。
不会再抚摸你的脑袋,说故事安慰你,也不许你再像小猫一样赖在我的床上。
还有就是,
绝对,绝对,
不会再让你叫我——
亲爱的。

58

这天半夜,一切都沉沉睡去的时候,我听见她醒了过来。
俯身在我耳边细语:
"亲爱的,你睡着了吗?"
她的呼吸轻柔地擦着我的耳朵。
我心里慌乱,没有回答她。
她以为我睡着了,于是起身下床。
她走出卧室,去了书房。
然后我听到她和冰箱说话的声音。
这么晚了,她和冰箱又说些什么呢?

冰箱取物灯的亮光淡淡地浮现在房间里。
"上次冰箱先生和我说的事，我已经考虑好了……"
"……"
"我已经决定了。"
"……"
"我知道你的意思，可是我想……"
"……"
"这样的话，以后，亲爱的就会获得幸福了吧……"
"……"

他们在说什么？我怎么一点也听不明白呢？

"是的，这是我唯一的愿望。"
"……"
"谢谢你，冰箱先生，再见。"

我走进书房，她靠在冰箱的门上，长长的眼睫毛已经合了起来。
我抱她回床。
然后再次来到书房。
"有话和你说。"冰箱告诉我。
"刚才，我听到你在和小蛋说话。"
它沉默了很长时间。
"记得刚认识的时候，我曾经告诉过你，我是来帮助你的，你还记得吗？"
"我记得的。可是我一直没有找到图兰朵的音乐。"我说。

"那已经没什么关系了。还是告诉你好了,其实,我也不怎么喜欢听歌剧的。"

冰箱停了一会儿。

"应该早一点和你说的,关于我的使命。"

"使命?"

"我并不是简单地作为一台冰箱生存在这个世界上。"它说,"你应该看过阿拉丁吧?"

"阿拉丁?神灯?"

"是的,神灯。我就和那个神灯一样。"

我还是不太明白。

"我可以满足一个愿望。"冰箱告诉我,"但只限于一个。"

可以满足愿望?

我吃惊地看着冰箱,不知道说什么。

"那么……"

"我把这件事告诉了她,在她的心开始融化的时候。"

"请等一下,你是说,刚才……"

"刚才,她许下了一个愿望。"冰箱说,"她已经许下了一个愿望。"

我紧张起来。难道刚才的愿望是……

"希望你能把她的愿望作为礼物接受下来。"冰箱说,"因为这是她的愿望。"

不,不。

我的身体无法自制地颤抖起来,什么话也说不出口。

"我不要那个愿望,请你听我说……"

"对不起,我只能实现一个愿望。"

冰箱说。

"不知不觉,已经在这里待了这么长时间,这段时间,多谢你和小蛋的照顾了。"

它说。

"你们并没有仅仅把我当成一台冰箱,也没有歧视我,而是把我当成了你们真正的朋友。无论作为一台冰箱,还是作为一个朋友,我都很喜欢你们。我再次说一下,我很高兴认识你们。"

冰箱静静地看着我,语气带着淡淡的哀伤。

"在实现这个愿望以后,我将失去所有的力量。变成一台普普通通的家用电器。这个世界上从此再也没有什么喜欢莎士比亚的冰箱了。"

"你说什么?"

"我要走了。"它说,"也许你们会记得……曾经认识一台奇怪的冰箱。"

"请等一下!我不知道会这样……请留下来,不要管什么愿望……"

"我们生活在这个世界上,总是有一些必须做的事情。如果不去做,我们就失去了存在的意义。所以,再见了,我的朋友。"

我难过得说不出话。

"很久很久以前,在我还是一个人类的时候,我曾经爱上过一个女孩……"

冰箱好像在自言自语。

"最后,请让我用最喜欢的一句台词来谢幕吧。to be, or not to be……"

59

冰箱永远地沉默了。

在它沉默的第二天,快递公司的人来把它搬走了。

还是那两个孪生搬运工。

"实在对不起,我们刚刚才发觉送错了地方,给您添麻烦了。"

他们把钱退给了我,然后搬走了它。

洋房里只剩下我和她,整个世界也好像只剩下我们两个人。

而她沉睡不止。

我守候在她的身边,等待着她醒来。

时间以缓慢的舞步走过眼前,消失在睡眠的黑暗里。

临近傍晚,附近的小猫和小狗,还有小蛋帮助过的那两条牧羊犬,所有的小动物们都来到了花园里。

我替小蛋给它们准备了食物。

但它们只是默默地看着我。

你们是来看她的吗?

如果她知道的话,一定会很开心吧?

黑夜缓缓地将我们笼罩在怀抱里。

我回到房间里,陪在睡着的她身旁。

看着她的眼睛,她的嘴唇,她每一个微不足道的表情。

这一切真的会杳然消失吗？
就和融化的冰淇淋一样。
或者是融化的心。

深夜，在一切都沉沉睡去的时候，她最后一次醒了过来。

60

"冰箱先生走了吗？"
"是的。它走了。"
她轻轻叹了口气。
"刚才，我做了一个梦。"
"梦？"
"我梦见自己孤零零地站在北极，好冷。后来，远处来了一只可爱的小熊，把我抱在怀抱里，我觉得好温暖，就像现在这样。后来，小熊哭了。我正要问它为什么哭的时候，就醒了过来。"

我刚想问她还想不想吃冰淇淋，忽然想起来，已经没有什么冰淇淋了。冰淇淋全都化掉了。

她似乎知道我想说什么，微微摇了摇头，头发垂落在我的手臂上。

"今天不想吃了。以前已经吃过很多了，我为什么那么喜欢吃冰淇淋呢？"

她这个问题好难回答。

"你说是从冰箱里捡到的我,我刚从冰箱里出来的时候,你怎么会想到喂我吃冰淇淋呢?"

她闭上眼睛,蜷在我怀里,好像是在问我,又好像是自言自语。

"可是,你为什么叫我小蛋呢?"

我的心忽然跳了起来。

"是不是因为……我是从蛋里出生的?"

小蛋睁开眼睛,询问似的看着我。

"我真的就是一个卵生少女吗?"

一时间,我什么话也说不出来。你是什么时候知道的呢?小蛋?

她伸手擦掉我的眼泪。

"好傻的小熊,你为什么要哭呢?"

她微微笑了,眼里却沁出了泪水。

"那本书……我已经看过了,在你睡着的时候……"她轻轻地说,好像在说一件和自己无关的事,"……在我的心还没有融化的时候。"

你很早就知道了吗?可为什么不告诉我?

"很久以前开始……我已经喜欢上了一个人……"

她的声音轻轻的。

"……所以那个时候,我才会说出来……"

她温柔地看着我。

我抱住她,一时间什么也不愿去想。

什么也不愿去想。

"我害怕一些事情……"

你害怕的是什么呢？小蛋？

她微笑起来，抬头看我。

"冰箱先生说，它能帮助我……我给亲爱的准备了一份礼物。请收下来吧……"

礼物？礼物又是什么？

她的脸贴住我的手。

"亲爱的，如果再重来一次……你愿意再饲养我吗？"

她的脸上满是泪水。

不是饲养。我想说，不是饲养。但我哽咽得说不出话，只能点头。

很久以前我就应该知道，我应该知道自己喜欢着她。

我在黑夜里静静地抱着她。

她长长的眼睫毛渐渐垂落下去，仿佛含羞草闭合的叶片。她即将入睡，而这次入睡以后将不再醒来。

我已经听不见她的心跳声。

"这次，我可能醒不过来了……"

她努力驱除睡意，睁开眼睛，凝视着我。

忽然，她哭了起来。

"我好害怕！亲爱的，我好害怕！"

她哭着说。

再怎么样，她还只是个孩子。

我紧紧抱住她。

不要害怕，我会一直和你在一起。

"你会一直陪着我吗？"

是的，我会一直陪着你。因为……
我爱着你。
"是啊，熊王子会一直保护我的。"
小蛋抬起手轻轻抚触着我的脸庞。
"我的熊王子……"
她闭上眼睛，声音渐渐低了下去。

她睡着了。

61

当黎明到来时，我发现房间里只剩下了自己一个人。
她已经离开了我，消失在了第一道晨光之中。
就好像从来没有存在过那样。

我呆呆地看着空无一人的床，然后环顾空无一人的房间，忽然糊涂起来。
她睡醒了吗，怎么看不见她了呢？
是因为躲起来了吗？
小蛋，小蛋？
这次你没有做错事，为什么要躲起来？
还是你藏起来想吓我一跳？
是这样的吧？

我在房间里找了两天，从阁楼到天花板，从壁橱到抽屉，找遍了房间的每一个角落，甚至每一本书和每一件衣服都要拿起来抖一抖，生怕自己漏过了任何一个她可能藏身的地方。

　　两天后的傍晚，当我爬到床底下试图再找一次的时候，忽然悲从中来，眼泪顿时流了下来。

　　我在床底下哭了很久。

　　因为直到这时我才明白过来，她是真的离开了我。

　　我再也找不到她了。

62

　　她离开了我。

　　我孑然一人待在洋房里，很久很久都不能适应独自一人的生活。我回到了一个人的世界。即使这个世界就和她出现之前是一样的，即使这个世界就和她没有出现一样。但我已经改变了，我对所有一切都感到茫然，不知道自己的方向在哪里，以后该何去何从。

　　失去她以后，我真正体会到了孤独。

　　和失去她的孤独比较起来，我以前一个人生活体会到的孤单感简直不算什么。

　　孤独使我时时刻刻惶恐悲伤。

　　就好像整个人都已经成为了拼图玩具的碎片，成百上千的碎片。偶尔拾起几片记忆的残片，但无论如何拼不成原来的自己。

如果她不在这里,那么,我又在哪里呢?

这是我困惑的一件事。

有时想着想着就会流泪。

随着时间的流逝,悲伤的次数越来越少,麻木感却与日俱增。因为不知道自己身在何处,我越来越漠然地面对生活里的一切。

如同一只因为迷路而游荡在森林里的孤独的熊。

在我困惑迷茫的时候,在很多次我沉沉睡去的时候,她都会回来,出现在我的睡梦之中。

"是从什么时候开始,你爱上了我呢?"

她问我。

"当你从冰箱里出来的时候。那个时候,我应该就已经爱上你了吧?"

"真的?"

"真的。可那时,你还那么小。对你的爱和你一样是慢慢长大的。"

"哦。"她说,"可是,亲爱的小熊,你怎么一个人在这里呢?你不是应该在学校上课,或者在花店打工的吗?"

我环顾四周。原来我是在茂密的森林里。

"我大概是迷路了。"我说。

"迷路了?"她问,"为什么?"

"因为很多东西。人生、将来、生活等。但最重要的是,我在寻找你。"

"寻找我?"她笑了起来,"好傻的小熊。你根本不用找我的。"

"为什么？"

"我一直和你在一起的。不然你迷路的时候我怎么会出来呢？"

"你和我在一起？"

"亲爱的，我就住在你的心里。"她温柔地看着我，"你的心好温暖，我觉得住在那里很安全，所以不会离开的。"

她把手放在我的胸口。

"我从来没有离开过你。我就在这里。"

是的，你就在这里。

"森林里有很多危险的地方，你还是快点出去吧。一直游荡在这里就真的出不去了。"

"可我迷路了，我走不出去。"

"没有什么路不路的，只要往前走就可以了。你一定要相信自己走得出去，要相信自己，就像相信我一样。"

"我相信你，所以我相信自己，但是森林太大了，要走很长时间，我好累，好想放弃。"

"不要放弃希望啊，小熊。"她说，"永远也不要放弃美好的希望！要知道，我一直和你在一起。"

相信自己。永远不要放弃希望。

于是，依靠她所说的，我走出了森林，回到了现实生活中。

并且，我将继续这样走下去，就算全世界只剩下我一个人，我也会继续这样走下去。

"谢谢你，小蛋。"

走出森林以后，我对她说。

她只是微微一笑。

虽然我希望能够一直在梦里见到她，但我走出森林后，梦见她的次数也越来越少。从几天一次，到几个星期一次，最后到几个月一次。时间越往后，她的形象就越模糊。每次醒来，我又难过又自责，难道我是逐渐忘记她了吗？

"为什么我越来越梦不到你了呢？"

在梦中，我忍不住这样问她。

"这个，你没有忘记我吧？"她说。

她穿着白色的吊带裙，手里提着鞋，牵着我的手走在海边。阳光温暖，天空湛蓝。海水缓慢而温柔地涌上沙滩，又退了回去。郁郁苍苍的森林在我们的身后。我和鲁滨逊一样身处在一个无人小岛上，却并不孤独，因为她在身边。

"当然没有。"我说。

"这不就好了吗？"

"可是……"

她停下来，仔细看着我的眼睛。她的眼睛如同蕴含了北冰洋的海水一样清澈，可以一直看到灵魂深处。

"今天以后，我可能不会再来见你了，亲爱的。"

"为什么？"

"我要去一个很远很远的地方，暂时回不来了。"

"你是要离开我了？"

她摇头。

"但是同时，我又哪里都没有去，只是睡在你的心里面。这么说很奇怪吧，你明白吗？"

我有点明白，有点不明白，但我不想让她离开。

"你已经走出了那片森林，以后，有再多的森林，亲爱的应该也可以一个人走过去的。你已经不需要我了。所以，我是时候和你说再见了。"

不，我需要你的。我不想听你说再见。

"我在你的心里，一直和你在一起。"她用手蒙住我的眼睛，"好好体会一下，我是在里面吧？"

"是的，我感觉到了，你是在里面。"

她放开了手。

"以后再也不要觉得自己是孤孤单单一个人了。我已经彻底地成了你的一部分，不会再和你分开。"

"真的是这样吗？小蛋？"

她点了点头。

我们慢慢地走在沙滩上。

"把你的心当成是小蛋出生的蛋吧。"她说。

"什么？"我问。

"如果有下一次的话，那么我不再是从别的地方生出来的，我是从你的心里孵化出来的，知道了吗？"

我看着她点了点头。

"好可爱的熊！"

她轻轻抱了我一下，然后放开我，踏进了海水里。卷起的浪花打湿了她的裙子。阳光下，她灿烂地向我笑着。

这是我最后一次梦到她。

从此以后，她再也没有在我梦中出现过。

63

我的女性恐惧症消失了。

也就是说,从此,我碰到女孩不会再鼻血长流,和女孩说话时也不会再结结巴巴的,也不再害怕和她们相处。尽管有时走在路上时,仍然会有素不相识的连路都走不稳的小女孩抱住我的腿,说什么也不放手,把眼泪和鼻涕都蹭在我的裤子上。

我恢复了正常,不管从哪种角度来看。

随着新学期的到来,我离开了那幢幽静的花园洋房,搬回了学生公寓。

花店的工作也辞掉了。对于我和小蛋的离开,安很伤感,毕竟三个人相处了这么长的时间。我经常回去看她,有时是帮忙,有时是帮人买花。

尽管追求者很多,安始终是单身,保持着自身的优雅。几年以后,花店搬到了另一个地方。但不管怎么样,离不开糖的她始终用花朵给需要帮助的人们带去一个个小小的奇迹。

玛利亚和安经常会问起小蛋的情况,她们都很想念她。我告诉她们,她回了自己的家。她的家在很远的地方,靠近北极。

也许真是这样的。

小蛋帮助过的那两条苏格兰牧羊犬生了三条可爱的小牧羊犬。小狗很亲近我。从狗的标准来看,它们应该是过得很幸福。

那条寿司鱼被我放生在大学的池塘里,希望它不会再被人裹进饭团里做成寿司。

房东老太太和她的先生一直没有回来。洋房后来的房客似乎是一名钢琴演奏家。房子里搬进了一台钢琴。有时从附近经过，可以听见洋房里传出美妙的琴声。

我平淡无奇地读完了剩下的两年大学。和女孩的接触虽然少，但也一起吃过饭看过电影。越是和女孩们接触，我越是觉得她们真是奇妙。虽然有时候，远比想象中坚强，但在大多数的时间里，她们都显得十分脆弱，好像什么东西都可以打碎她们。

在和这些少女们约会的时候，在和她们正常说笑的时候，我时常感觉到自己忽略了一件很重要的事。但每当我停下来仔细思索时，那一点头绪却不知飘向了哪里。

"你在想什么呢？"

每次我发愣的时候，身边的女孩都会这样问我。

我摇了摇头，说不出为什么。

在我看来，女孩是一种非常容易受到伤害的生物。

她们每一个人都像是生活在一个小小的水晶蛋里。

像水晶那样晶莹剔透，却又像冰淇淋那样容易融化。

每一个少女身上，都带着某种象征着永恒性质的美感。

然而无可避免的是，不管人们如何珍爱，这些纯真可爱的少女，始终会在某一天杳然消失。

64

  大学毕业，我进入了广告公司工作。工作几年后我攒够了一笔钱，于是打点行李，买了一张飞往北极的机票，动身去了地球最北端。

  我来到了北极。
  身处在又冷又寂寞的漫漫长夜之中，眼前是无边无际的冰原。
  不由想起那个爱斯基摩人的传说。
  抬头仰望，梦幻般瑰丽的极光闪现在头顶的夜空，仿佛是祝福一样飘然落下。
  某一天，就在我抬头欣赏极光的时候，忽然心里一动。
  终于意识到自己忽略了什么——她给我的礼物。

  是她请求冰箱治好了我的女性恐惧症。
  本来她可以挽救她自己。
  直到此时此刻，站在这个人迹罕至的世界，我才理解她在害怕什么。
  她害怕的不是自己的心会融化，而是孤独。
  所以她才会把这个礼物送给我，让我可以远离孤独的人生。
  这么明显的事实，我居然现在才明白过来。
  顿时悲伤难抑，无法自已。

爱斯基摩人深深地同情着那些从水晶卵里诞生的少女。

虽然她们给人带来幸福,但她们却不能爱上任何人。

爱斯基摩人知道卵生少女的心会因爱而融化,所以他们宁愿远离少女们,希望这样可以使少女得到保护。

少女的心却始终会融化。

为什么呢?

因为比起心的融化,她们更加不能承受那寒冷的孤独。

在一望无际的冰雪之中,柔弱的少女体会到感情的温暖,自己的心在那温暖中一点点融化,最后,她们化身为绚丽的极光。

当爱斯基摩人看见夜空上如同梦幻一样的光芒时,他们知道,那是美丽的少女对这个世界最后的祝福。

我在那里住了一个月的时间,一直等到北极的日出。

那确实是震撼人心的美丽。

新一年的黎明开始的时候,太阳的微光如同静止一般出现在地平线上,往往可以持续一两个月之久。

晨光中,我恍惚感觉有人在我的身边,一直未曾离去。

所以我知道自己再也不是孤单一人。

再也不是。

65

　　从北极回来后,我继续着自己平淡的人生,在广告公司做着一份普通的工作。不管是生活还是工作都平平稳稳,一如周围所有认识的人一样。人生有时会有烦恼,有时会觉得沮丧,但多数时候都值得继续下去,因为总有美好的希望存在。

　　不管时间怎么改变我们,不管我们自己怎么改变,有一些事都是我们必须做的。

　　工作之余,我也常常和同事或者朋友去酒吧、咖啡厅这样的场所放松一下。可不管到哪里,我点的都是冰淇淋。在几年时间里,我尝过了很多地方的各种各样口味的冰淇淋。

　　哪有到酒吧去点冰淇淋的呢?时间一长,他们觉得这是我的怪癖。

　　"既然你这么喜欢吃冰淇淋,那还不如自己开个冰淇淋店呢。"有朋友这样说。

　　一语点醒了我。听多了这话以后,我开始认真打算开一家冰淇淋店的事。

　　当然开冰淇淋店并不是那么容易的事。我花了很多时间做功课,参加制作冰淇淋的学习班,购买制作冰淇淋的机器,去别的店看人家怎么经营,探索自己满意的冰淇淋口味,寻找合适的店铺,申请银行贷款,制定财务计划等。

　　经过一年的筹备,二十五岁的我辞去了广告公司的工作,开了一家冰淇淋店。

我的冰淇淋店面积不大,简直不比蜗牛壳大多少,但店里的每一件东西,从一把椅子到冰淇淋小勺,都是我亲手挑选回来的,装修也是同样。我无比珍爱自己的这家冰淇淋小店,因为它凝结了我的心血。

店名是玛利亚帮忙想出来的。

"叫'冰恋物语'好了,"她说,"这样,恋爱中的情侣一定都会光顾这里的。"

这个名字确实带来了运气。很多年轻的恋人们都会来光顾我的冰淇淋小店。也许他们觉得这家冰淇淋小店真的很温馨吧。冰淇淋店的生意很快就上了轨道,有了盈利,贷款也一点一点还掉,我又请了很好的冰淇淋制作师,店员也增多了几个。

总之一切都是良性循环。

66

经营冰淇淋店的过程中,我也获得了很多乐趣。每当看到年轻的恋人们坐在一起品尝甜蜜的冰淇淋,我都会真心为他们高兴。和很多年以前我还在安的花店打工的时候所感受到的是同样的感觉。

有时,也会有情侣在吃冷饮的时候闹别扭。我很想对他们说,请当心,如果你们不小心呵护的话,你们的爱也会像冰淇淋一样融化的。

我祝福每一对来店里的恋人,希望他们都能得到幸福。

在冰淇淋店的广告宣传上,外星公主帮了很大的忙。

因为我的关系,外星公主认识了拓跋,并客串当了回广告模特。谁知在拍摄了两则广告以后,她一下子成为了演艺界的明星,如同北极星一样闪闪发光。这也难怪,她本来就是万众瞩目的公主,做起大众偶像来更是游刃有余。

成为超级地球偶像后,在一次电视采访中,她说"冰恋物语"是一家不可思议的冰淇淋店,拥有护佑爱情的魔力。从此,她的大量Fans络绎不绝地光顾我的小店。

至于外星公主本人,也经常会大驾光临。不过每次都是夜深人静,客人稀少的时候,她戴着一副几乎遮住整张面孔的墨镜,忽然出现在我面前,每次都吓我一跳。

"请我吃冰淇淋!"她说。

于是,我请她吃冰淇淋。也难怪她这副打扮,现在她已经家喻户晓,在哪里露面都会造成交通堵塞,自然要小心一点。

有时在关掉店门以后,我们也会聊上一会儿。大多数时间都是她在抱怨,抱怨现在行动不自由,日程安排太多,休息不够,没时间玩乐等。现在她正在和一个普通的贫穷大学生交往,经纪公司和王室方面死活不许她和对方自由恋爱。

"哼,我才不管呢,和谁恋爱那是我的自由。"外星公主挥舞着手里的冰淇淋小勺,"如果他们再干涉,我就和他坐着宇宙飞船私奔!"

有这样性格叛逆的公主,我觉得经纪公司和王室的心情也不难理解,虽然我很同情他们,但我也只是微笑着听外星公主大发牢骚。

外星公主从来没忘记我曾答应帮她寻找恋爱对象的事。直到现在,她仍然不时威胁我,说我欠她一个恋人,要拉我去充数。

"喂,如果你喜欢我的话,一定要告诉我哦!"她支着下巴,显得很严肃地说,"也许,我会认真考虑的。"

"知道了。"我笑着回答。

她当然是在和我说笑。

不过,我确实有点喜欢她。

因为在她的身上,很多时候,我都好像看见了某个人的影子。

67

时间仍然在马不停蹄。我经营这家冰淇淋店差不多有两年了。转眼,我已经二十七岁。

一切都是不知不觉的。

身边好几个朋友已经结婚。

九月,在一次朋友的婚礼上,我遇到了单身的拓跋。他和玛利亚恋爱了好多年,最后却没有走到一起。

本来我觉得以拓跋的出众,人生一定会一帆风顺。但刚出大学那几年,他却遭遇了很多坎坷。

原因可能出在性格方面。他是个坚持原则的人,从他对待女性的态度上就可以看出来。有原则,从来不肯妥协。但在现实生活里，不妥协的拓跋遭受了很多意外的失败。

在他最困难的时候，玛利亚一直和他在一起，一直默默地支持着他，帮助他度过了人生里最困难的几年。

当一切进入正轨，拓跋开始走向成功时，两个人却分开了。

原因我不清楚。感情的事，外人总是很难明白，我只是为他们遗憾。

我和玛利亚也保持着联系。隔上一段时间见次面，一起吃顿饭。

玛利亚也已经二十七岁。现在每个周末她都有固定的节目——相亲。

从我知道的情况看，她往往把每次的相亲，当成是宣扬圣经教义的机会，劝人向善，信仰上帝。

这样当然是没什么结果可言，最多也只能说服对方信教，但玛利亚却乐此不疲。

在朋友的婚礼上，我和拓跋谈起玛利亚现在的情况。

"我想玛利亚并不是真的想去相亲，"我说，"大概是因为家里有压力，否则她也不会每次都辛苦地解说教义了。"

拓跋的眉头轻轻皱了一下，然后微微一笑。

"你怎么也不找女朋友呢？"我问。

"你是不是想说什么？"

"你们不在一起，实在是太可惜了。当时你们为什么分手？"

"这个啊，有很多原因，实在是说不清楚。可能，一切都是神的安排吧。"他看着手里的酒杯,说,"神让我们相爱,又使我们分开……"

"如果一切都是神的安排,那你又做了什么呢?"

我忍不住打断说。

他看了看我,然后沉思了一会儿。

"是啊,如果一切都是神的安排,那我们又能做什么呢?好像是哪里的广告词……"

"……"

"还是算了,不开玩笑了。"他无奈地叹了口气,"其实对玛利亚,我一直都很内疚,总觉得自己欠了她很多东西。……当然,我叫其他女孩姐姐的时候,她也会对我发脾气,给我留下很多心理阴影。但现在这些都不算什么了,我们已经很久没联系了……"

"因为太忙了?"

"可能是因为太忙了吧。虽然都不知道为什么而忙。"

我们沉默了下来,我能理解他的感受。

参加完婚礼,我要去安的花店,拓跋开车送了我一程。

"再怎么忙,一起吃顿饭的时间总还是有的吧?"下车时我说。

"当然。"拓跋点头,"明天晚上我有时间,我们去吃一顿,我来接你……"

"我不是说我们。"我说,"去做点不是神安排的事吧,拖把先生。"

他反应过来,但没有回答,只是淡淡笑了一下。

本来我来安这里是打算买些花放在冰淇淋店做装饰,但安却不在。

等了一会儿,我看见安从路的那边远远地走过来。

她不是一个人,身旁有位四十来岁的男性。

远远看去,他犹如格里高利·派克一般沧桑而优雅。一条同样气质不凡的苏格兰牧羊犬跟在身旁。

安停下,从手提袋里取出一粒水果糖,喂给了牧羊犬,然后抬头微笑着跟狗的主人说了什么。

他们手牵着手,温柔对视。

就好像是电影《罗马假日》的场景。

我悄悄离开了花店,但愿没有打扰到他们。

68

九月一过,夏天已近尾声,冰淇淋店的生意终于轻松了点。到十月上旬,我终于有空闲和玛利亚见面。玛利亚现在的工作也很忙碌,不过她始终有办法在周末挤出时间去和人相亲。另外,她也很会关照朋友,再怎么忙,我们还是会见面喝杯咖啡。

我觉得,她最想见的人,并不是我。

在星巴克看见她时,我不免想起来她大学时撞上篮球架的样子。感觉那已经是很久远的事情了,像黑白电影那样古老。

还真有点怀念。

我们聊了各自的近况。我说来说去无非是冰淇淋店的情况。她的就精彩得多了,每次她都与我分享她相亲时的趣事和遭遇。

"这几个星期,你又见了几个?"我问。

"正式的只有三个,"她伸出三根手指,"利用午休时见的不算。"

我表示十分佩服。

"那有几个决定信仰天主教的,全部?"

"我尽力争取吧。"她笑了。

"教会不让你担任圣职实在太可惜了。"

"我原来有认真想过做修女的,但后来觉得现在这样也很不错。"她望着窗外行色匆匆的人群,"一直这么忙,也就不会去想多余的事。"

另外,和她见面时我有个很重要的义务就是通报拓跋的情况。当然玛利亚不会主动提起来,问拓跋现在怎么样。但每次我试着提起的时候,她都没有阻止的意思。每次玛利亚都很平静,一副对拓跋的消息无动于衷的样子,其实我能感觉得到她的紧张和关切。

"这次婚礼上我又碰到了拓跋,他好像还是单身,"我实话实说,"不过……"

"不过什么?"

玛利亚中计了。

"不过他现在也很忙,连和我一起吃饭都没空。"

她悻悻地看我一眼,然后并不释然地继续观望咖啡馆外的风景。

两个人喝了会儿咖啡。这时,手机铃声响了起来。

是玛利亚的手机。

大概来电号码不是很熟,她拿着手机想了半天,才决定接起来。刚说了一句"喂,你好,请问……"就突然停了下来,好像很局促地看了我一眼。

真是有趣。做了这么多年的朋友,她在我面前居然还会觉得局促。

就连说话声音似乎也变小了。

"嗯……我?……没觉得很意外……我很好……你呢……没有啦……吃饭?……可以啊……晚上……今天?哦……不不是的……没有不方便……没什么事……没关系的……好的……我等你好了……知道了……你来的时候,小心一点……开慢点……那……再见……到时候见……"

电话结束。

玛利亚有点发愣,但很快就开朗起来,一扫疲倦的神态。她平静地望着窗外,就跟没接电话前一样,可谁都看得出来她心情愉快得想哼小曲。

我和她一样平静地望着窗外,过了一会儿,我转过来对她说:

"晚上一起吃饭吧,玛利亚。"

玛利亚顿时面露难色。

"今天?可是,我已经……"

我努力克制住不让自己发笑,站起身。

"就算不一起吃晚饭也不用现在就走吧?"玛利亚说,"时间还早……"

"其实不关晚饭的事,"我还是笑了,"我搬家了,家里还缺台冰箱,现在正好去商店看一下。"

"那好吧。再见。"

"再见。"

她伸手拍了拍我的胳膊,忽然,好像很吃惊地看着我的脸。

"哎呀，流鼻血了！"

"哪有。"

我没有上当。

玛利亚开怀大笑。

外面阳光明媚。

和玛利亚告别后，我步行了十分钟，来到了电器商店。

走过电器商店的橱窗时，我还是忍不住照了照。

确实没有出血。

不知道为什么，我竟隐约有些失望。

橱窗里所有的电视机都在播放外星公主新单曲的MTV。有多少台电视机，就有多少个外星公主。她的模样还和我刚认识她的时候一样可爱，但是唱歌的声音却实在让人不敢恭维。真奇怪怎么会有那么多的人彻夜排队抢购她的唱片呢？我不免苦笑。

就连我也忍不住买了一张，自己都难以相信。

看了一会儿外星公主的舞姿，我离开电视机柜台，走到卖冰箱的地区。这里就显得冷清了很多，毕竟冰箱不是用来围观的。

自从莎士比亚冰箱走了以后，我开始特别关注冰箱。每次去商场，都特意走到卖冰箱的地方浏览一番，平时也从各种渠道搜集了很多有关冰箱的资料和信息，开冰淇淋店以后更是如此。时间一长，这种关注就成了习惯。

有人是音响发烧友，有人是赛车发烧友，而我却是冰箱发烧友。

可是这么多年以来，我始终没有再见到那台奇特的莎士比亚冰箱。

它去了哪里呢？现在还是一台冰箱吗？

我不知道。

冰箱售卖区里摆放着大大小小各种款式的冰箱。它们看上去都很不错的样子，外表美观，功能丰富，但都不是我想要的。

走到最里面的一个角落，看见一堆包装用的纸箱堆在什么东西上面。

拿开纸箱一看，那也是一台冰箱，一台外表似乎很陈旧的冰箱。

它的式样很普通，白色，双门。陈旧得好像历尽了沧桑，陈旧得让人觉得辛酸。

我忍不住把手放在它身上。

"你还好吗？你还可以说话吗？"

没有回答。

真的只是一台普通的冰箱。

我决定买下它。

准备购买时我才知道，这一台并不出售。它早就已经坏了，不知道堆积在仓库里多长时间了，现在正准备拉回厂家报废。

坏了有什么关系？修理好就是了。

我和商场交涉，执意要买。他们最终让步，反正本来就要处理掉，既然有人非要不可，那就折旧卖掉好了。

我去商场中心的收银台付了款。

走回原来的角落时，我才看见那台冰箱前面有人站着。大概是刚才我去收银台的时候过来的。

是一位少女。

也许是因为好奇,她正在打量着眼前这台陈旧的冰箱。

我走到她旁边,无意中看到了她的脸。

一瞬间,眼睛像是被谁的手轻轻蒙住了一样。

一个很小的声音出现在心里。

很小的声音。

已经很久没有听到。

她越来越清晰。

越来越清晰。

直到充满了我的心。

——"亲爱的。"

我紧紧闭上双眼,惟恐眼泪流下。

"请问,有什么事吗?为什么你一直在看我?"

"因为……"

"嗯?"

"很久很久以前,我曾深深地爱过你。"